逃走中
オリジナルストーリー

ひびわれた友情!? 浅草でお宝を手にいれろ!

逃走中（フジテレビ）・原案
小川 彗・著
kaworu・絵

集英社みらい文庫

小清水 凜
陽人と玲の幼なじみ。陽人と同じく【逃走中】の比較対象者として参加。運動神経がよく、楽天的な性格。自称『スポーツ美少女』。
白井 玲
陽人の幼なじみで親友。陽人と同じく【逃走中】の比較対象者として参加。同じサッカークラブ所属で、頭がよい。通称『影の参謀』。
和泉陽人
サッカーが大好きな小学6年生。【逃走中】の比較対象者として参加。通称『野生のストライカー』。負けず嫌いで友達思い。
逃走中参加者

佐々木 光太
芸人になりたい兄が2人いる、しっかりものの小学4年生。将来は落語家になりたい。
星川咲良
モノづくりが得意な小学5年生。なんでも作れて、なんでも直せるようになりたい。
財前郁也
ブランドものが大好きな小学6年生。流行の最先端をいくのが大好きで、高いものは良いものだと思っている。
七瀬萌絵
プチプラ好きで、方向音痴な小学6年生。使い捨てが一番効率的だと思っている。
朝比奈 莉々
なんでも経験してみるべきだと思っている小学5年生。経験をいかして、小説家になるのが夢。
藤波 駿
女の子が大好きな小学6年生。言動がおちゃらけていて、ノリが軽い。
青木尚文
効率重視で、見た目には無頓着な小学5年生。細かい作業をするのが好きな職人気質。
月村サトシ
【逃走中】のゲームマスター。とある理由で、陽人たちをゲームに参加させる。
ハンター
サングラスに黒いスーツ姿のアンドロイド。逃走者を超人的なスピードで追跡する。

もくじ contents

run for money original story : rulebook

逃走中のルール

1. 逃走中とは賞金獲得をかけたゲームである。

2. 逃走者は賞金獲得のために
制限時間内を逃げる。

3. ハンターは逃走者を捜索し
発見次第、追跡し確保してくる。

4. 確保、または失格になると賞金はゼロとなる。

5. 賞金=1秒ごとに上昇。
金額はリアルタイムで確認可能。

6. ゲーム終了まで逃げきれば賞金獲得。

ホテル
自首用電話

run for money
逃走中

逃走エリアマップ

浅草

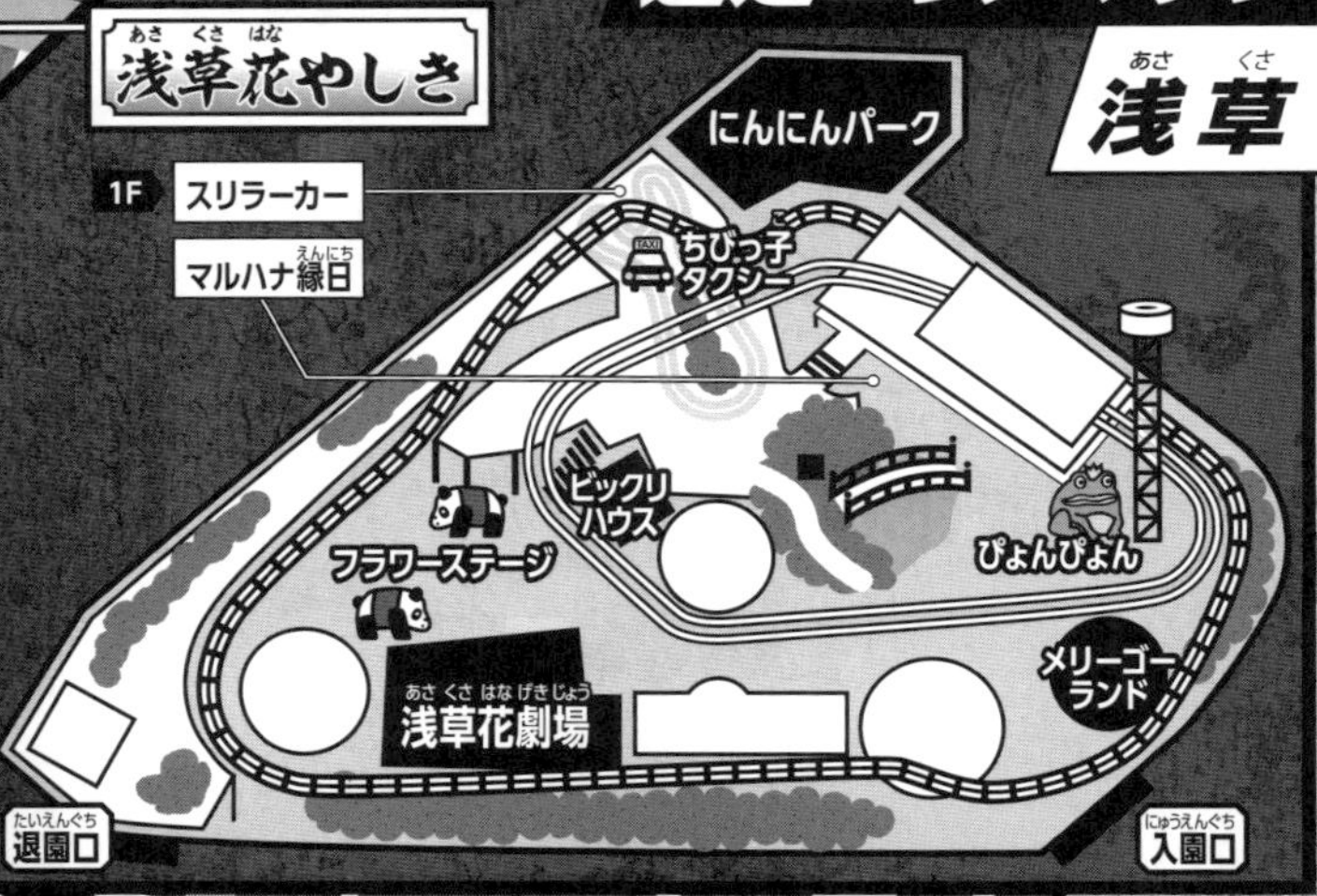
浅草花やしき
にんにんパーク
1F
スリラーカー
マルハナ縁日
ちびっ子タクシー
ビックリハウス
フラワーステージ
ぴょんぴょん
メリーゴーランド
浅草花劇場
退園口
入園口

弁天堂
馬道通り
N
つ、
つかまっちゃう……っ！

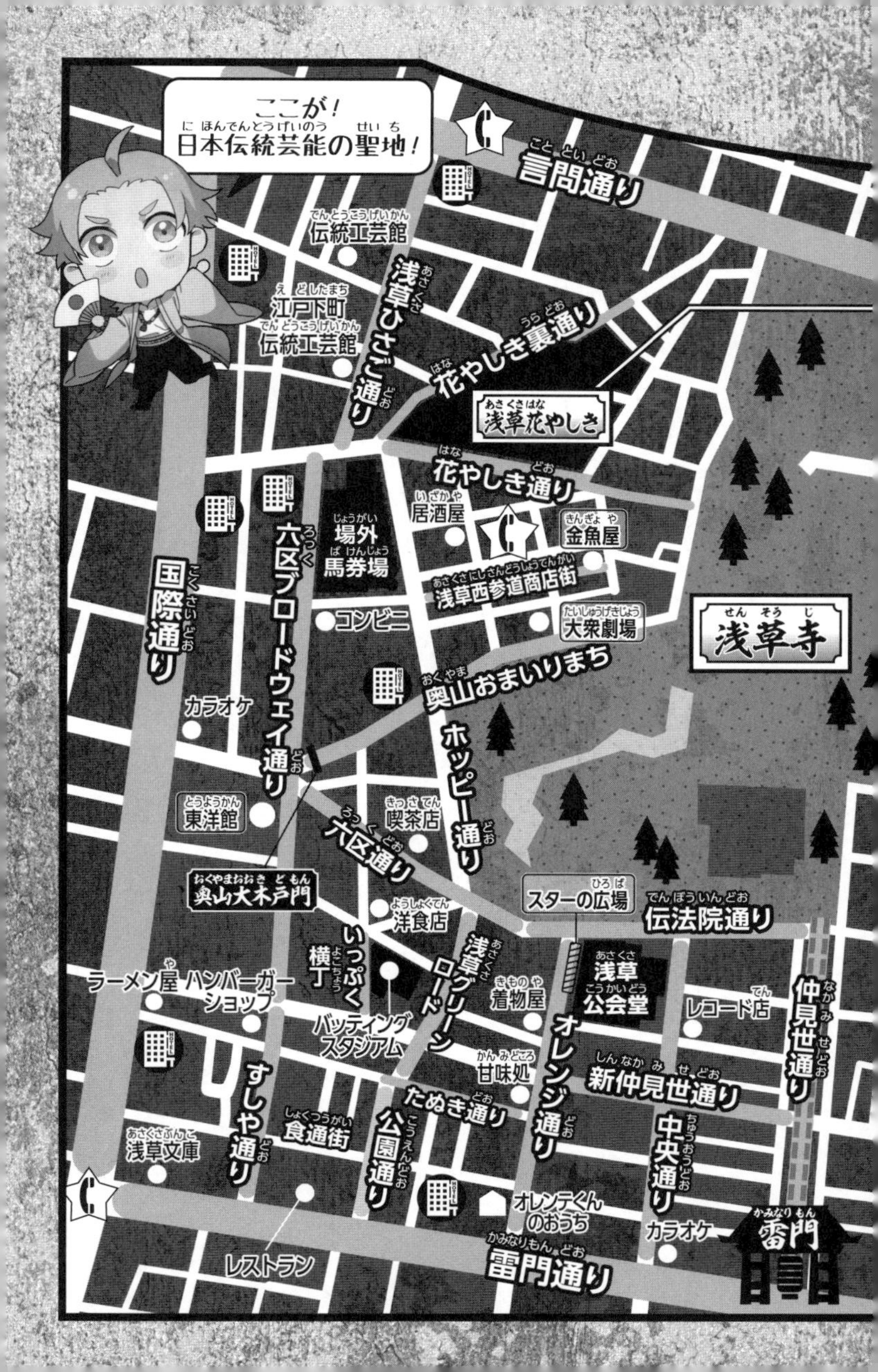
ここが！
日本伝統芸能の聖地！
言問通り
伝統工芸館
浅草ひさご通り
江戸下町伝統工芸館
花やしき裏通り
浅草花やしき
花やしき通り
居酒屋
金魚屋
場外馬券場
六区ブロードウェイ通り
浅草西参道商店街
コンビニ
大衆劇場
浅草寺
国際通り
奥山おまいりまち
カラオケ
ホッピー通り
東洋館
喫茶店
六区通り
奥山大木戸門
スターの広場
伝法院通り
洋食店
いっぷく横丁
浅草グリーンロード
浅草公会堂
ラーメン屋
ハンバーガーショップ
着物屋
レコード店
仲見世通り
バッティングスタジアム
オレンジ通り
甘味処
新仲見世通り
たぬき通り
すしや通り
食通街
公園通り
中央通り
浅草文庫
オレンテくんのおうち
カラオケ
雷門
レストラン
雷門通り

00 逃走開始は不穏な予感

キーンコーンカーンコーン

昼休み終了のチャイムがグラウンドに響く。

「よしっ！　これが最後のシュートだ！」

ふりあげた足でゴールをきめた6年生の和泉陽人は、両手でガッツポーズをきめた。

「もどろう、陽人」

ころがっていくサッカーボールをひろってそういったのは、幼なじみの白井玲だ。

1年生から6年生までずっと同じクラス。

同じサッカークラブにもはいっている大親友だ。

「どっちが先に教室もどれるか勝負しようぜ！」

いうなりかけだした陽人のあとを玲があわてて追いかけてくる。

「フライングダッシュはずるいよ！」

「戦略的フェイントだろ」

「いまのはイエローカードだね」

ふざけてこづきあいながら上履きにはきかえた陽人は、目の前の階段をまたダッシュでのぼろうとして——

「陽人、前！」

「え——うわっ！」

「きゃっ！」

くつ箱の陰からでてきた女の子にぶつかってしまった。

「悪い！　って、なんだ小清水か」

目をまるくしておどろいていたのは、もうひとりの幼なじみ、小清水凛だった。

自称「スポーツ美少女」の凛は、陽人からすればただの体育好きの体力オバケ。

考えるよりも先に体が動くタイプ。

だからこういうときも、加減をしらない力で「なんだってなによーっ！」とやりかえされると身がまえた——が。

「なんだってなに……って、あ——————!!」

「うぉっ!?　な、なんだよ!?」

とつぜん耳がわれそうな大声でさけばれて、陽人は耳を塞いで肩をひゅっとすくめる。

けれど凛はそんな陽人にかけよると、いきなりぐいっと陽人の足をあげさせた。

「うわっ！　なにする——」

「う、うそ……」

ぼう然とつぶやきながら、うす汚れたタヌキのマスコットをひろいあげる。

それは、へそのあたりにきらりと光る小さな赤い石が埋めこまれたキーホルダーだった。

どうやら、さっきぶつかった衝撃で落ちてしまったらしいそのマスコットを、陽人がふんづけていたようだ。

マスコットを見つめる凛の顔は、見たこともないくらいに悲しそうだった。

「こわれてる……」

ふるふるとふるえる手でもちあげた小さなタヌキの片腕は、やぶれてとれかけていた。

チェーンについていた小さな鈴も、こわれてとれてしまっている。

「あ〜……陽人がぶつかったから……」

「えっ!?」

すぐにかけよってきた玲に小声で指摘されて心臓がはねる。

タヌキのマスコットを見つめたまま無言になってしまった凛を、玲は心配そうにのぞきこみ、「あれ？」と少し考えるように首をかしげた。

「凛ちゃん、それってもしかして……」

玲が小声で凛に話しかけようとしたとき、陽人がバツの悪そうな顔で凛にいった。

「悪かったって」

「……………」

だけど凛はこたえない。

無反応な凛に、陽人はこまったように頭をかいた。

「なあ、それだいぶ古いやつだろ？　あたらしいのにしたほうがよくないか？」

「陽人、そんないいかた――」

原因をつくった陽人がいっていい言葉じゃない。

あわてあいだにはいろうとした玲をさえぎるように、立ちあがった凛が思いきり腕をふりあげて――

「陽人のバカーッ！」

「うわっ！　な、なんだよ、いきなり！」

いきおいよく投げつけられたタヌキのマスコットを、陽人が思わず顔面でキャッチしたつぎの瞬間。

校舎のなかにいたはずの景色が、一瞬で外の景色に変わっていた。

「――……本当にいきなりだな……、どこなんだよ、ここ……」

目の前にあるのは巨大な赤いちょうちんがついた大きな門。

ちょうちんには「雷門」と書かれていて、門の両わきには、これまた大きな鬼のような顔をした像が立っている。

金龍山
雷門

「これ【逃走中】だね……」

となりで門を見あげた玲が、なれた調子で苦笑する。

やっぱりな、と陽人も思った。

とつぜん知らない場所ではじまるゲーム。

それが【逃走中】だ。

俊足のハンターたちに追いかけられて、60分間、指定のエリアを全速力でひたすら逃げなければいけない。

途中でだされるミッションをクリアしつつ、逃げた時間の分だけ賞金がもらえるというこのゲームに、陽人たち3人はひょんなことから「比較対象者」に選ばれて、もう何度も参加させられている。

とうぜん、一緒につれてこられた凛もとなりで門を見あげている。

「小清水、なあ、ここって――」

なんのきなしに話しかけた陽人を、凛はふりむきもせずにぷいっとそっぽをむいた。

なぜだか凛は怒っているように見える。

玲がぼそりと「あーあ……」といった。

「陽人がちゃんとあやまらないから……」

「は!?　いや、さっきあやまったろ!?」

「あれで!?」

思わずいいかえしてしまった陽人に、玲は思いきりおどろいた顔になった。

（いや、俺ちゃんとあやまった――……よな？）

前を見ないでぶつかったのは陽人が悪い。

だからそれはあやまった――はずなのに、ほかにどうしたらいいんだろう。

投げつけられたマスコットは、そういえばまだ陽人の手のなかにある。

「……あのさ、そのタヌキのマスコットって、陽人が昔、凛ちゃんにあげたやつじゃない？」

「え？」

じっと見つめていると、玲がそんなことをいってきた。

そういわれれば、どこかで見た覚えがある。

片腕がとれかけたタヌキを目の高さまでもちあげて、陽人はじっくりと観察してみた。

目のまわりにこげ茶色のふちどりがある、うす茶色の丸い体にとぼけた顔。

「――あ！」

そうして、ようやく思いだした。

陽人が２年生のとき、町内キャンプに玲と参加したことがあった。

それまでは、凛と玲とほとんど毎日３人一緒に遊んでいたのに、住んでる区画がちがう凛は参加できないキャンプだった。

そのとき凛が落ちこんで、どうにか元気づけようと思った陽人が、おこづかいをかきあつめて『元気がでるおまじない』として買ってあげた――ような気がする。

「いや、でもそれ、もう何年も前の話だぞ？」

なんとなくタヌキの顔が凛に似ていると思ったから選んだそのマスコットは、本当にずいぶんと汚れて、みすぼらしくなっている。

「あいつ、そんなに気にいってたのか？　このタヌキの顔……」

自分と似ているタヌキの顔に、親近感がわいていたのかもしれない。

「そういうことじゃないんじゃないかなー……」

玲がどこかあきれたような顔でそうつぶやいたとき。

『ようこそ**【逃走中】**へ』

背後から、男の声が聞こえてきた。

ふりむくと、雷門の前の道路をはさんだ空の上に、スクリーンがうかんでいる。

映っているのは、白い服を着た、どことなく研究者っぽい雰囲気をした男。

【逃走中】のゲームマスター、月村サトシだ。

『ここは「**仮想・浅草**」。きみたちには今回このステージで、あたらしい参加者たちとともに逃走成功をめざしてもらいたい。複数回参加者のきみたちと新規参加者とちがうルールはひとつだけ。初参加者に自分たちが複数回参加者だということを故意に知らせてはいけない』

とつぜんあらわれた月村は、淡々とした口調で説明をはじめた。

ここで待ったをかけても意味がないことを、陽人たちは知っている。

『スタート地点はここ『**雷門**』となる。**逃走1秒ごとに100円の賞金が、逃走成功できみのものになる。途中でエリア内にある自首用電話を使い、自首を選ぶことも可能だ**』

月村が説明をつづけていると、ふいに、７人の子どもたちがあらわれた。

「な、なんだここ!?」

「逃走……？　自首……？」

ざわざわと不安げな声が聞こえはじめる。

ふりかえった陽人は、そのなかにどこかで見たことがあるような顔を見つけて、「ん？」

とまゆをよせた。

「こ、ここはもしや浅草では……っ!?　日本の伝統芸能の聖地！　僕の原点、僕の都！」

とつぜんこんな場所に連れてこられたおどろきよりも、感動のほうが勝っているような

表情で、背の小さな少年がくるくるとその場でまわりはじめた。

少年は４年生の**佐々木光太**。ぶかぶかの羽織を着て、首から数珠のようなネックレスを

つけた光太は、閉じた扇子でペチンと額をたたいている。

ものすごく似たテンションと顔立ちの子を、陽人は知っている気がする。

「……あの子って、兄弟いそうよね？」

「うん。僕もそう思った」

「俺も」

小声でうなずきあう3人の頭にうかんでいるのは、以前の**【逃走中】**で会ったことのある男子の顔だ。

やっぱり考えることは同じだな、と思った陽人の視線が凛とあう。

そのとたん、またすいっとそらされてしまった。

「おい、小清水――」

「浅草!?　なんで!?　俺、いま女の子の連絡先きいてたところだったのにー！」

いいかけた陽人をさえぎるように絶叫したのは、6年生の**藤波駿**だ。黒縁の伊達メガネに、くるくるとした天然パーマ。黒いパンツには銀色のチェーンがついていて、そのさきには古い懐中時計がついている。なれたしぐさで、パチン、とフタを閉じる姿は、おしゃれなイケメンという雰囲気の男子。

「あ、でもここにもかわいい子がたくさんいるから、俺的には問題ないな！」

だが、言動はおちゃらけていて、そこはかとなく全部が軽い。

「うっわ〜、ヤバイヤバイ。ヤバイって〜。とつぜんヤバ場所で、超ヤバ男子いるし〜」

そんな駿にむかって、顔の前で大きなバツをつくっているのは、大きな瞳が特徴的な6年生の**七瀬萌絵**。みじかいスカパンにダボッとした大き目のスタジャンを着て、ニット帽をかぶったその格好は、いま流行りのファッション雑誌に載っていそうなイマドキ女子だ。

「チッチッチ、同じ男として、そんなやつと一緒にしてもらったらこまるぜ」

萌絵の背後からそういったのは、背の高い6年生の**財前郁也**だ。びしりときめたオールバック。高級そうなベストをきっちりと着こなしている郁也は、ふん、と冷たい目を駿にむけた。

雷門に背中をあずけるようにして小さくうなずいているのは、マスクで顔が半分ほど見えない5年生の**青木尚文**。つなぎタイプのジャージのファスナーを、しっかり顎まであげていて、見えているのはほとんど目だけ。

「いやいやいや、そんなことどうでもいいですよ！　そんなことより、これはいったいどういう状況なんですか!?」

スクリーンにうかぶ月村に食ってかかったのは、丸眼鏡をかけた5年生の**朝比奈莉々**だった。ブンブンとふりあげた右手には万年筆がにぎられていて、いかにも文学少女といった雰囲気がある。

『きみたち10人は、このハガキをだした子どもたちのなかから選ばせてもらった』

莉々の疑問にこたえるかのように、スクリーンに1枚のハガキが映しだされた。

それは漫画や雑誌にはいっていたもので、「新感覚ゲーム！　最後まで勝ち残ったら賞金がきみの手に！　参加者大募集中！」と書かれていた応募ハガキだ。

陽人たちもあのハガキをだしたおかげで、**【逃走中】**に参加することになった。

「あ、私、あのハガキだしたかも……」

おっとりとした口調で口もとを手でおおったのは、すそがふんわりとひろがるかわいらしいスカートを着た5年生の**星川咲良**だった。

「ハイハーイ！　あたしもだしたー！」

萌絵がピョンッと飛びはねるように手をあげる。

ほかの子どもたちも全員ハガキに覚えがあるようで、うなずいたり、たがいの様子をうかがったりしている。

『いまから5分後、アンドロイドのハンターが4体放出される。きみたち逃走者が視界に

はいると、超人的なスピードで見失うまで追跡する。安全な隠れ場所はない。ハンターに確保されたら即失格。それまでの賞金はゼロになる』

ざわめく子どもたちの反応など気にもとめない月村は、すぐにつぎの説明にはいった。

『逃走エリアは、各自、ポーチ内にあるタブレットで確認してほしい。なお、エリアの外にはいけない仕組みになっている』

いつのまにか全員の腕にはリストウォッチとなにかの装置が、腰にはウェストポーチが装着されていた。

月村の説明を聞きながら、ポーチのなかからタブレットをとりだした陽人は、すぐに電源をいれて、「ミッション」と書かれたボタンをタップしてみる。

<

ミッション1　残り時間55分で通達。
ミッション2　残り時間40分で通達。
ミッション3　残り時間15分で通達。

となりでタブレットを操作している玲がタップしたのは「装備リスト」ボタンだ。

①ウェストポーチ……クロノス社特製ポーチ。防水性。
②タブレット……現在地の確認が可能。通話ボタンで会話も可能。
③リストウォッチ……残り時間と現在の賞金が確認できる。
④時限アラーム……時限装置。ミッションで使用。故意の破損は失格。
⑤雷おこし……体力回復に効果あり。

「この腕についているのが、どこかのミッションで使われるってわけね！」

玲のタブレットをのぞきこみながら、凛がうれしそうな声をあげたのと、子どもたちが悲鳴をあげたのは同時だった。

「な、なんだよあれ!?　あれがハンター!?　ハンターって女子じゃないじゃん！　ぜんぜんかわいくないよーっ！」

「いやいやいやいや、ムリですって。あれはムリですって……っ」

声につられて顔をあげた陽人たちは、雷門と道路をはさんでちょうど真向かい――いつのまにか、そこにあらわれた4体のハンターの姿に息をのんだ。

じっとたたずむハンターは、黒いサングラスをかけ、黒いスーツを着こんでいる。

口を真一文字にひきむすび、表情がまるでわからないその姿には、やはり異様な迫力があった。いまにも動きだしそうな長い手足は、何度見ても、思わず心臓がはねあがってしまう。

『それではきみたちの健闘をいのる』

しずまりかえった子どもたちにそれだけいって、スクリーンから月村の姿がかき消えた。

代わりにカウントダウンの数字がパッとあらわれて、1秒、また1秒と減っていく。

「あ……あれが、ハンターさん……？」

「あの数字なくなったら、ヤバイ感じってことっしょ？」

ふるえる声でつぶやいた咲良に、萌絵が「やばぁ」と顔をむける。

「に、逃げましょう！」

最初に提案したのは莉々だった。

「えっ!?　どこに!?」

「知りませんよ！　個々人で考えて動くべきです！」

情けない声をだした駿にきっぱりとそういって、莉々はひとりでかけだしていく。

「……じゃ、ボクもお先っす」

ぼそりと小さな声でつぶやいた尚文があとにつづいた。

「待て待て！　オレもいくぞ！」

「ヤバい展開、マジごめんだって～！」

「わ、私もっ」

「あ、じゃあ、俺と一緒にいこーよ、そこの女子――！」

つられるように、みんなもつぎつぎに動き

はじめる。

カウントダウンははじまっている。おくれをとるわけにはいかない。

陽人は、玲と凛をふりかえった。

「俺たちもいこうぜ！」

「うん！」

「じゃあ、私は『仲見世通り』からまわるわねー！」

「え、おい、小清水――」

けれども凛はそういうと、すぐに雷門の奥へと走っていってしまった。

凛が話をきかずにかけだしていくのは、いつものことといえばいつものことだ。

だけど、なんだかモヤモヤした気もちになってしまう。

凛がいってしまった方向をぼうぜんと見やる陽人の肩に、玲がポンと手をおいた。

「陽人……」

「……なんだよ」

陽人の手にあるタヌキのマスコットを見つめる玲が、真剣な顔つきになる。

「凛ちゃんにちゃんとあやまったほうがいいと思う」

「わ、わかったよ！　けど！　いまはそれより逃げるのが先だろ！」

ハンター放出までにできるだけ遠い場所へ逃げながら、逃走経路を把握するのが**【逃走中】**の勝利の第一条件だ。

ふりはらうようにそういってかけだした陽人を、玲がものいいたげに見つめてくる。

タヌキのマスコットを乱暴にポケットにつっこんで、陽人は心のなかで「くそっ」と小さくつぶやいた。

ハンター放出まで、カウントダウンの残り時間はあと3分にせまろうとしていた。

01 アラーム解除は、3人1組

道路をはさんで真向かいに立っているハンターたちが放出されるまで時間はある。

陽人と玲は、ひとまず雷門を背にして右側の道を進むことにした。

スタートするまでに、少しでも最初のハンターたちから距離をとっておきたい。

「今回のエリアは、大きい道でぐるっとかこまれてる感じになってるんだな」

タブレットの『マップ』を開いて確認しながら、先へと進む。

「うん。でも横道もたくさんありそうだよね」

玲もマップと実際の街並みを見くらべながらそういった。

いまいる場所は「雷門通り」だが、歩いてきただけでも、「中央通り」「オレンジ通り」「公園通り」と、いろんな通りにつながっている。

「逃げやすそうな感じするよな」

「ということは、ハンターがどこから飛びだしてくるかもわからないってことだからね」

「あっ、たしかに！」

道路沿いにあったレストランに飾られたメニューに気をとられそうになっていた陽人は、ハッとした。玲のいうとおりだ。

逃げやすくいりくんだ地形は、ハンターがどこからあらわれるかわかりにくい地形でもある。

「さすが玲だな！」

陽人はニカッと笑って、玲の背中をバンッとたたく。

「つと……、陽人は瞬発力にたよりすぎるところがあるから、本当に気をつけてね」

「おう！」

サッカークラブでも、通称「野生のストライカー」と呼ばれている感覚重視の陽人とちがい、玲は「影の参謀」と呼ばれているほど頭がいい。

陽人が見落としがちな弱点を指摘してくれる玲のおかげで、いつも助けられている。

「あ、自首用電話のある場所は、今回は3か所みたいだ」

玲にいわれて陽人も『マップ』を確認してみる。

自首用電話がある場所を知らせる受話器のマークは3か所。

ひとつは、陽人たちがいる雷門通りのはしにある「浅草文庫」の店先だ。

もうひとつは、こことは真逆の「言問通り」。

それから、「浅草西参道商店街」のなかにもあるようだ。

「見つかりやすい場所と、いりくんだ場所って感じだな」

「だね。ところで陽人。今回の**【逃走中】**で自首は――」

「しない！」

「だよね」

きっぱりといいきった陽人に、玲もわかっていたというかのように笑顔でうなずく。

陽人と玲、そして凛の3人は、少し前に目標をきめていた。

逃走を成功させた賞金をためて、いつか3人で逃走エリアをめぐる旅をする。

そのためにも、今回も全員で逃走成功をめざしたいと陽人は強く思っている。

たぶんそれは玲も、それに凛も同じだろう。

（……だよな？）

目をあわせてくれなかった凛を思いだして、陽人の表情がわずかにくもる。

その表情でなにかを察したらしい玲が、苦笑しながらタブレットをポーチにしまう。

「凛ちゃんはそもそも『マップ』の確認自体してなさそうだけどね」

「あいつ、毎回しないよな」

楽しむことを一番に考えている凛は、陽人よりも直感で逃げているように見える。

いつもの様子を思いだして、笑いそうになったそのとき。

空中にうかんだスクリーンの数字がゼロになり、ハンターたちが動きだした。

4体のハンターが、仮想・浅草エリアに放出されたと同時に、陽人たちのリストウォッチも、ゲームの残り時間にかわる。

「はじまった！」

「うん、ここからは気をひきしめよう！」

1秒ごとに、100円、200円とあがっていく金額のように、陽人の心臓も、ドクッドクッと大きな音を立てはじめた。

「わっ！　はじまったみたいね！」

陽人たちとわかれて仲見世通りから「伝法院通り」に進み、浅草公会堂の周辺を歩いていた凛はうしろをふりかえる。

スタート地点の雷門近くから放出されたハンターは、まだ近くにいるだろう。

そう思うと、心臓がドクンと大きく鳴った。

「見つかるのは怖いけど、こういう感じは悪くないのよねー！」

わくわくとした表情で身ぶるいをして、凛は警戒しながらオレンジ通りに進む。

甘味処をすぎた横道を左にまがると、ふいに黒いスーツ姿が視界にはいった。

とっさに近くの店の壁に背中をべたりとはりつける。

ハンターは凛に気づかなかったようだ。

「びっ……、くりした〜……」

立ちどまることなく歩いていったハンターの背後を、壁から首をのばすようにして見送って、凛が服の上から心臓をおさえたそのとき。

ブー！　ブー！　ブー！

タブレットが、ミッションを知らせる通知音を響かせた。

ミッション1

- 残り時間が40分になったら、時限アラームが鳴りだす。
- アラームは人力車に設置された装置に手形を認証させることで解除できる。
- ただし手形は、3人1組で認証する必要がある。
- 手形の認証は、ひとり1回のみとする。

「これはやらなきゃまずいやつだよな」

ミッションの内容を確認して、陽人はすぐに「マップ」を開いた。

いつのまにか、車輪のようなマークが3つ地図上にうかんでいる。

「これ、動いてる。たぶんこれが人力車の位置なんじゃないかな」

玲がいうとおり、3つのマークはそれぞれ別々の場所でゆっくりと移動しているようだ。

「3人1組じゃないと認証できないみたいだから、だれか近くにいたらいいんだけど」

きょろりと視線をめぐらせてみるが、近くに人の気配はない。

「小清水、まだ近くにいるんじゃないか？」

まだ開始から5分しかたっていない。

凛は仲見世通りにはいっていったから、合流できない距離ではないだろう。

陽人はタブレットの『参加者名簿』から凛の名前をタップして、通話ボタンを押そうとしたところで、ふと指をとめた。

（……あいつ、もしかしてまだ怒ってるかな……？）

いままでも軽い口ゲンカなら何度もしたことがある。

だけど、陽人から目線をそらした凛の様子は、なんだかいつもとちがっていた。

（でも俺あやまったよな？　だいたい、なんでこんなものがそんなに大事なんだ？）

タヌキのマスコットをポケットのなかでさわりながら考えてみる。

だが、ぜんぜんわからない。

玲は凛が怒っている理由がわかっているのだろうか。

そんなことを考えながらタブレットを見つめていると、玲が心配そうに陽人を呼んだ。

「陽人？　凛ちゃんつながらない？」

「！　ああ、いや――」

あわてて顔をあげた陽人の目に、ハンターが見えた。

「玲、ハンターだ！　逃げろ！」

「うわっ！」

はじかれるように陽人たちはかけだした。

陽人が凛に通話をしそびれていたころ、凛はふたたび雷門の前にもどっていた。

ハンターが中央通りを進んでいくのを見送って、反対方向へと進んでいたら、運よくそこで人力車を発見したのだ。

「う〜ん、人力車が見つかったのはいいけど、あとふたりだれかいないかしら……」

さすがにこのすぐ近くでハンターが放出されるとわかっていて、開始時間からまもないいま、この近くをうろうろしている逃走者はいなかった。

「陽人たち、まだ近くにいたりして……？」

ひとまず通話で聞いてみようかとタブレットをとりだして、けれど、『参加者名簿』の陽人の顔写真を見た瞬間、凛はムッと眉間にシワをよせた。

こわれてしまったマスコットを見ながら「あたらしいのにすればいい」と、あっけらかんといった陽人を思いだして、凛は唇をとがらせる。

「人の物をこわしたら、まずはごめんなさいだって幼稚園でもならうのに」

そう思えば思うほどムカムカしてしまう。

だが凛は、そんな気もちをふりはらうようにぶんぶんと頭を横にふった。

「でもいまはミッションに集中よね！　よし！　陽人に連絡！」

協力が必要なミッションがはじまっているときに、そんな意地をはっていてもしかたがない。

頭をきりかえて通話ボタンをタップしようとしたそのとき。

「あー！　かわいい子いたー！　人力車も見っけー！」

とつぜん大きな声がして、手をふりながらこちらにかけてくる男子がいた。

はぁはぁと息をきらしてやってきたのは駿だった。

額にかかる汗を芝居がかったしぐさでぬぐってから、キラッと白い歯を見せる。

「そこのレディ。よかったら僕と……共同作業してくれませんか？」

「オッケー！　これであとひとりね！　だれかきてくれないかしらー」

「んー、ぜんぜん響いてないこの感じ！　だが、そこもまたよし！」

グッと親指を立ててこたえた凛に、駿はタハーッと天をあおいだ。

いちいち動きがオーバーなのはクセなのかもしれない。

親指を立てかえした駿がまたキラッと白い歯を見せて笑う。

「でも本当、きみみたいなステキなレディのお役に立てるなんて光栄だなー。ミッションクリアのためにも、あとひとり！　かわいい女の子がくるといいよね！」

またまたキラッと白い歯を見せて笑う駿の肩に、ぬっと白い手がのびる。

「――かわいくない男子で悪いけど、ボクも仲間にいれてくれない？」

「ひっぇっ！」

おどろいて飛びはねた駿のうしろからあらわれたのは、ジャージ姿の尚文だ。

「もちろん！　よかった〜、これでミッションできるわね！」

これでようやく3人そろった。

あとはハンターに見つかる前に、手形を認証させればいいのだ。

「そこの人力車、ストップー！」

ゆっくりと移動している人力車にいそいで近づくと、人力車を動かしていた機械じかけの人形が止まる。持ち手の部分を地面におくと、人力車がかたむいて、椅子の上に3つの箱があるのが見えた。

「これに手形を認証させればいいってことかな……」

そういって、駿がおそるおそる箱の上に手をのばす。凛と尚文もそれにつづいて――

ピロリロリン♪

全員が箱の上に手をおきおわると音が鳴った。同時に、二の腕についていた全員の時限アラームが消える。

「き、消えた……!?」

「これでミッション1はクリアってことね！」

目をまるくして二の腕をさすっている尚文の横で、凛はリストウォッチを確認した。

残り時間は53分。賞金額は42，000円。

第一関門はクリアできたが、逃走時間はま

だたくさん残っている。

（ハンターに見つからないように逃げないと！）

人がかたまると、ハンターの視界にもはいりやすくなるだろう。

凛はすかさず走りだす。

だが、そんな凛に気づかなかった駿は、その場でくるりとまわった。

「まだまだ気はぬけないよね〜。やっぱ危険だと思うからさ、これから俺と一緒に愛の逃避行をするってどうかな――」

ポーズをきめてさしだした駿の手を、尚文が冷たい目で見おろして。

「……あの子なら、さっさと走っていっちゃったけど」

「え？　えぇっ!?　行動早いな!?　だがそれもかわいくてよし！」

キラッと白い歯を見せて笑った駿に、尚文はあきれたような視線をむけた。

凛たちが手形の認証に成功したころ。

緊張しながら「浅草ひさご通り」を歩いていた光太は、やっと見つけた人力車に泣きそうな顔でかけよった。

「よ、よよよよかった！　見つかった！　いや、でもよくない！　人がいない！」

青ざめながらあたりを見まわす。

3人で一緒にやらなければいけないミッションで、逃走者は全部で10人。

もしもほかの6人が手形の認証をしていれば、残された光太はミッション失敗になってしまうのだろう。

「で、でも残り時間はまだあるし……っ」

リストウォッチに表示された時間は50分。

賞金額は60，000円。

光太はもっていた扇子で、ぺちんぺちんと自分の額をたたいてみた。

こうしていると、ひんやりとかたい木の感触で少しだけ落ちついてくる気がする。

「さ、さすが日本の伝統品！　おばあちゃん、ありがとう！」

扇子をくれたのは光太のおばあちゃんで、ぶかぶかの羽織もおばあちゃんが光太のためにつくってくれたものだった。

「やっぱりさ、日本人は日本の伝統をおもんぱかるべきだと思うんですよ！」

光太にはお笑い芸人をめざす兄がふたりいる。だが、ふたりはなにもわかっていないと光太はいつも思っている。

「お笑いとは、つまり、日本の伝統芸能である落語家さんの礎があればこそなわけで……」

ぶつぶつと早口でまくしたてる光太の夢は、日本一の落語家になることだ。

はじめて落語を聞いたのは、おばあちゃんと一緒に見たテレビ番組。

座布団に座って、扇子や手ぬぐいだけで、いろんな役になりきって、いろんな情景を伝えられる落語家が、光太にはキラキラかがやいて見えた。

光太の夢を知ったおばあちゃんが、「将来の落語家さんに」とくれた羽織と扇子は光太の宝物になっている。

「よぉし、ちょっと落ちついてきたぞ。考えろ〜……考えるんだ僕……ええと、これは3人いないとできないミッションで、あとちょっとしたらアラームが鳴っちゃって、だから、ええと、この装置を止めればいいんだから〜……」

ついさっき見た黒いスーツのハンターの姿を思いだして、光太の目にじわりと涙がうかんできた。

制限時間までにミッションを成功させないと、アラームが鳴りだしてしまう。

そうすれば、あのハンターが光太を捕まえにやってくる。

「ど、どどど、どうしよう、どうしたら――……あっ、そうだ！　これをどうにかしてはずせばいいんだ！」

名案とばかりに、光太は二の腕の時限アラームに手をのばした。

ガチャガチャと上下左右にひっぱってみるが、なかなかはずれない。

「それこわしちゃったら失格になっちゃうから待って！　ね？」

そのとき、横道からやってきた咲良があわてたようにかけよってきた。

一瞬ハンターがきたのかと思った光太は、息がとまりそうなほどおどろいた。

「ごめんね、おどろかせちゃったね。でもそれ、私もちょっととれないかな〜って思ってやってみたんだけど、むずかしいみたいなの」

かたまってしまった光太に目線をあわせた咲良は、おっとりとした口調でやさしく説明してくれる。

「だから一緒に、だれかもうひとりあつまるのを待ってくれないかな？」

ね、とほほえまれて、光太の涙がひっこんでいく。

いいですよ、といおうとして顔をあげたとき。

「あーっ！　ちょーどいーところにー！　それ！　その人力車、一緒にやってー！」

ダダダダッと足音を響かせて、大きな声で呼びかけてくる人がいた。

ぶんぶんと両手をふってやってくるのは、ニット帽をかぶった萌絵だ。

「しーっ！　見つかったらどうするんですかっ！」

「えー？　しずかにしてたって、見つかるときは見つかるっしょ？」

あわてて人さし指を唇の前で立てた光太に、萌絵はあっけらかんといってのける。

「ヤバッ！　ほらほらっ、人力車いっちゃうから早くやろー！」

一番あとからやってきたくせに、なぜだか萌絵が先導する形になってしまった。

だが文句をいうよりも、ミッションを成功させるほうが先決だ。

「早く早くー！」

「わかってますって！」

「光太くん、手はとどく？」

そのままバタバタと手形の認証をすませると、３人の時限アラームが消滅した。

ミッション1の成功だ。

「わっ、ヤバァッ！」

と、思ったら、萌絵がいきなりそういって、大きな目を光太にむける。

「……なんですか」

大きな目でまじまじと見つめられて、光太はムッとして顔をあげた。

はやりのファストファッションでかためた萌絵は、日本の伝統衣装を羽織った光太とは真逆のような格好だ。

「あんためっちゃ小さいんじゃん！　ひとり怖くない？　だいじょうぶ？　あたし、一緒に逃げてあげよっか？」

「なーーっ」

よしよし、と頭をなでられて、光太は顔から火がでそうになった。

僕はそんなに小さくない！　もう小学校4年生だし、背の順だって真ん中よりちょっと前くらいだ、と反論しようとして、光太はぐっと言葉をのみこむ。

それから、ぺしり、と扇子で額を軽くたたくと、手のひらをビッと顔の前につきだした。

「おかまないなく！　かたまって逃げるのは、危険だと思いますし！　僕はこれにて！」

ぱちくりと目をまたたく萌絵と咲良におじぎをして、光太は羽織をひるがえした。

（きまった……！）

さっそうと走り、十字路を右にまがる。

残り時間は46分。賞金額は８４，０００円。

伝統芸能を継承するには、師匠に弟子いりしなければダメなのだと、おばあちゃんがいっていた。弟子いりしたら、身のまわりのことは全部自分でしなければダメだ。

だから、こんなことで助けてもらってなんかいられない。

「僕はもう4年生だし！」

ふん、と胸をはった光太の耳に、だれかの足音が聞こえてきた。

「だ、だれ……？」

もしかして咲良や萌絵が光太を追ってきたのかもしれない。

扇子をにぎりしめながら音のやってくる道へ、首だけのばしてのぞいてみる。

「ひえっ！　ハンター!?」

道の奥を歩いているのはハンターだった。

黒いサングラスが日の光できらりと光って、光太はあわてて首をひっこめる。

「や、ややや、やっぱり、さっき、一緒に逃げてもらえばよかったぁぁ！」

ドキドキとうるさく鳴る胸をおさえながら、光太は泣きそうになっていた。


ゲーム残り時間45分。

賞金額は、現在￥９０，０００。

逃走者　残り10人。

逃走中参加者名簿

和泉陽人（いずみ はると）

白井 玲（しらい あきら）

小清水 凛（こしみず りん）

佐々木 光太（ささき こうた）

星川咲良（ほしかわ さくら）

財前郁也（ざいぜん いくや）

七瀬萌絵（ななせ もえ）

朝比奈 莉々（あさひな りり）

藤波 駿（ふじなみ しゅん）

青木尚文（あおき なおふみ）

ゲーム残り時間 45:00

賞金額 ¥90,000

02

急がばまわれは、運しだい

ミッション1の通知がとどいてから、10分が経過しようとしていたころ。

浅草花やしきのまわりを歩いていた莉々は、これまでに何度か人力車を見つけていた。

すぐそばまでいってみたりもしたのだが、座席におかれた装置は3つで、莉々はひとり。

あたりを見まわしても、ほかの逃走者はどこにもない。

ずっと人力車のそばにいたら、そのうちだれかとあえるかもしれない——

そんなことを考えてとどまっていた莉々だったが、雷門の近くから放出されたハンターが歩いている姿を見てしまい、あわてて人力車から離れたのだ。

「……みんなもきっとまだこのミッション、クリアできてないよね」

3人1組のミッションだ。3人そろわなければはじめられない。

だけどこの広い逃走エリアをバラバラに逃げている10人の子どもが、そう簡単にあつまれるとも思えない。

「推理小説とかだったら、なにかいい手がかりが見つかったりするんだけど……」

いままで読んできたたくさんの本を思いだしながら、莉々は頭をひねった。

だけど、名探偵の解決のようなうまい解決方法はうかばない。

「う〜ん……やっぱりまだまだ私には人生経験がたりないからかなぁ」

莉々は両手でまるい眼鏡のフチをもって、クイッと上下に動かした。

大好きな小説家が書いた小説にでてくる主人公がよくするポーズで、真似をしているうちに、いつのまにか莉々自身のクセになっている。

「とりあえず、人力車をさがすより、一緒にやってくれる人をさがすほうが先決かも！」

莉々はいろいろな経験をかさねるために、**【逃走中】**に応募した。

座右の銘は「人生なにごとも経験なり」。

将来小説家になりたい莉々は、大好きな作家のエッセイで「人生は何事も経験です。経験は執筆にも役立ちます」と書かれているのを読んでから、ずっとそれを実践している。

「ハンターから逃げるなんて、そんな経験普通ないもん。きっと最高の経験になる！」

最高の経験は、最高の小説を書くための糧にもなってくれるはず。

「でも、まずはこのアラームを解除しないと……って、あ、また人力車発見しちゃった」

ゆっくりと動く人力車が言問通りを進んでいる。

だがやはり、ちかくに逃走者の姿は見えない。

どうしようかな、と眼鏡のフチに手をかけた莉々は、人力車の横で見え隠れする黒いスーツの手足に気づいた。

「え……？　もしかしてあれって……」

ハンターだ。人力車の陰に隠れていたせいで、莉々は気づくのがおくれてしまった。

「うそ!?」

思わず息をのんだ瞬間、ハンターはとつぜん走りだした。

莉々もあわてて反対方向へと走りだす。

ミッション1の残り時間は、あと4分とせまっていた。

ちょうどそのころ。

浅草公会堂のそばを歩いていた郁也は、ハァッと深いため息をついていた。

「なんでこんなことになったんだ……」

足が重い。ついでに気分もすごく重い。

「あのハガキ、たしかにだしたけどさ——」

だけどまさか、いきなりアンドロイドのハンターに追いかけられるなんて知らなかった。

「知ってたらぜったいださなかったし、そもそも、服！　これはきてこなかった!!」

わけもわからず、とりあえず走って走って、たどりついたのは浅草公会堂の前。

クソッとはきすてて、郁也はあたりを見まわした。

こんなに一生懸命走ったのは運動会以来だし、細身のベストをきた今日の服装は、そもそも運動に適していない。

「この時限アラームだっけ……？　これもこんなところにつけられてると、シャツにシワがよっちゃわないか……？」

神経質そうにまゆをよせて、郁也は二の腕の装置をイヤそうに見つめる。

郁也はブランド品が大好きだ。郁也の両親も「高いものはいいものだ」といっているし、郁也もそう思っている。いいものは長く使えるし、それにすごくかっこいい。

来月あたらしく発売されるブランドロゴのはいったセーターがほしくて、郁也は【逃走中】に応募してみただけだった。

はぁ、ともう一度深いため息をついて顔をあげる。

と、ゆっくりと動く人力車を見つけた。

「あっ、あれだ！」

一瞬ハンターかと身がまえてしまったが、ちがったようでホッとする。

近づいてみると、人力車の座席の上に、３つの箱がおかれている。

「あれが手形の認証装置か……いや、でもあれ汚くないよな？」

よくわからない装置の上に、直接手をおくのは気が進まない。

郁也はポケットにいれてもち歩いていた革手袋をとりだした。

ブランドのロゴが手の甲にあしらわれた高級品だ。

「よし」

両手にしっかりと革手袋をはめて、郁也が装置に手をのばそうとしたちょうどそのとき。

「あったぞ！　人力車！」

「まだ手形認証ってやってないよね!?」

ものすごいスピードで、男子がふたり、「浅草グリーンロード」からやってくる。

鬼気せまるいきおいでつめよってきたのは陽人と玲だった。

「ま、まだだったけど……」

思わずあとずさってしまった郁也を前にして、玲がホッと胸に手をあてる。

「よかった！　僕たちもまだなんだ。一緒にやってもいいかな？」

「いいよなっ！」

「あ、ああ」

ちらりとリストウォッチに目をやれば、残り時間は42分。

気づけば、ミッション1の残り時間まであと2分になっていた。

「ん？　手袋？」

と、陽人が郁也の革手袋に気がついた。

郁也はパッと目をかがやかせると、自慢げに両手をひろげて、ロゴを見せつけるようにかかげてやる。

「なんだ？　さむいのか？」

けれど陽人にきょとんとした顔でそういわれ、郁也は思わず食ってかかった。

「はぁ!?　これチャネルだぞ!?　ブランド品だぞ!?」

目の前にさらにつきつけられて、陽人はさらに首をかしげた。

ブランドなんて、商品名となにがちがうんだろうと思っている。

手袋は寒いときにつけるもので、あったかければなんでもいい。

走りまわっていた陽人は暑いくらいだが、郁也が寒いならつけていればいいと思う。

「よくわからないけど、手形認証のときだけははずしておけよ？」

じゃないと、装置に手形が認証されないときにこまる。

ミッション1の残り時間はもう1分をきっていて、時間はあまり残されていない。

「し……、信じられない、このよさがわからないやつがいるなんて……!」

郁也はくらりとめまいがした。

「ブランドの話はあとにして、とりあえずいまは先にミッションをやろうよ。ね？」

苦笑する玲にうながされて、郁也はイヤイヤながら革手袋をそっとはずした。

顔をしかめて認証装置に手をつける。


ピロリロリン♪


音と同時に、陽人たちの二の腕から時限アラームが消滅した。

「は？　え、き、消えた!?」

「これでミッション1はクリアできたってことだよな」

「うん。そうだと思う」

目を白黒させている郁也を横目に、陽人と玲はホッと息をついている。

なんだかひとりであわてているのが悔しいくらいだ。

「あー……ゴホンッ！　じゃあ、あらためてチャネルの良さについてだけどさ——」

革手袋をはめなおして、郁也はあらためてブランド品のよさを説明しようとした。

そのとき。

まのわるいことに、郁也は「六区通り」の奥からこちらにむかって一直線にやってくるハンターを見つけてしまった。

「ハ、ハ、ハ、ハンターだ！」

「マジか！」

「逃げよう！」

「待った！　待って！　オレもいく！」

わき目もふらずに追いかけてくるハンターを背に、陽人たちは逃げだした。

途中の十字路で郁也は左に、陽人と玲は右におれる。

ハンターがついてきているかを確認しているよゆうはない。

走って走って、もう一度浅草グリーンロードにでたときには、ハンターの姿は見あたらなかった。

「まけたみたい、だな」

「な、なんとか……」

ひざに手をあて、そういったとき。

ピロリロリン、とタブレットから通知音がした。

ミッション1はどうやら無事に終わったらしい。

現時点で、だれの確保通知もとどいていない。

ということは、凛もミッションをクリアできたということだろう。

「よかった。凛ちゃんもクリアできたみたいだね」

玲も同じことを考えていたらしい。

ほっとした様子の玲にうなずこうとして、

ブー！　ブー！　ブー！

たてつづけに、つぎのミッションを告げる音が鳴りひびく。

あわてて通知をタップすれば「**ミッション1、時限アラーム解除時間終了**」の文字と、

つぎのミッションが表示されていた。

ミッション2

・いまから20分間、「浅草花やしき」のなかに、宝箱が出現する。
・宝箱のなかには、〈無敵おまもり〉がはいっているものもある。
・〈無敵おまもり〉を使えば、ハンターの動きを1回のみ30秒間止めることができる。
・ただし、通常のハンターに加え、「浅草花やしき」のなかには、1体の専属ハンターがいる。

「〈無敵おまもり〉か！　これはあったほうがいいよな！」

ミッションの内容を読んだ陽人が顔をあげる。

真剣な顔でタブレットに目を落としていた玲も、うん、とうなずく。

「専属ハンターも1体だけみたいだし、これならいってみてもいいと思う」

「よしっ！　そうときまれば、花やしきにいそごうぜ！」

そうしてふたりは、浅草花やしきへとむかうことにした。

全員がミッション２へ思いをはせていると思われていたころ。

ピピー！　ピピー！　とけたたましく鳴りつづける時限アラームを必死でおさえながら、走りまわっている女子がいた。

「う、うそ……っ、もうそんなに時間たってた!?」

どんなにおさえても響きわたるアラームの音は、どこまでも聞こえてしまいそうだ。

莉々はバクバクと速くなる心臓の鼓動につきうごかされるように足を動かす。

「みんなは解除できたのかな……!?」

ミッション２の通知がとどいていたけれど、内容を確認しているよゆうは莉々にはない。

どうにかしてアラームを止めたい。

だけど、アラームのストップボタンがどこにもないのだ。

このままだと、アラームを聞きつけたハンターたちに見つかってしまう。

「そ、そうだ、自首——！」

莉々はハッとして、マップを開いた。

いま莉々が走っている場所は浅草ひさご通りで、まっすぐ進めば言問通りにでる。

わらにもすがる思いで、自首用電話にむかって莉々は走りだした。

(人生はなにごとも経験で、あきらめることも経験のひとつ！)

けれど、必死に走る莉々のうしろに、アラームを聞きつけたハンターがあらわれた。

「あと、少し！　あと、ちょっと——」

一生懸命走る莉々に、俊足のハンターがせまってきて——

「ひっ！」

その手が、ぽん、と肩におかれた瞬間、莉々の頭上に急に暗雲がたちこめた。

いつのまにかハンターはいなくなっていて、莉々ひとりだけになっている。

ゴロゴロゴロ……

遠くの空で、腹のそこに響くような低い音がした。

「こ、今度はなに……」

おそるおそる空を見あげる。

黒い雲がまっ白に見えるくらい、強い光でピカッと光ったと思ったと同時に――

ガラガラガラーッ！

「きゃあぁっ！」

大きな雷の音におどろいて、思わず莉々は耳をふさいでしゃがみこんでしまった。

だが雷はガラガラ、ピシャッ！　と空気をふるわせながら、莉々に近づいてくるようだ。

「こ、これも、経験……これも、経験……っ」

こわくないこわくない、と自分にいいきかせるようにつぶやく莉々の目には、いっぱいの涙が浮かんできた。

と、そのとき、いっそうまばゆい光があたりを照らし、轟音が耳をつんざいた。

悲鳴をあげる莉々を取りかこむかのように、雷がいっせいに落ちてくる。

「こ、ここ、こんな経験いらないですごめんなさいーっ！」

だれになにをあやまっているのか、自分でもわからないさけびが口をついてでる。

そんな莉々の言葉も姿も、はげしい雷の音と光のなかにとけるように消えていった。

ゲーム残り時間40分。
賞金額は、現在¥１２０，０００。
逃走者　残り９人。

逃走中参加者名簿

和泉陽人

白井 玲

小清水 凛

佐々木 光太

星川咲良

財前郁也

七瀬萌絵

朝比奈 莉々

藤波 駿

青木尚文

ゲーム残り時間 40:00

賞金額 ¥120,000

03

宝箱にはおとし穴

『朝比奈莉々、ミッション1失敗により時限アラーム発動。浅草ひさご通りで確保。残り9人』

浅草花やしきを目ざして走っていた陽人は、莉々確保の通知におどろいて思わず足を止めた。

「えっ!?　アラーム解除できなかったやついたのか!?」

「3人1組のミッションだったし、ひとりはかならずクリアできない条件だったからね……」

なんともいえない表情でそういう玲は、この状況をわかっていたようだ。

いわれてみれば、ミッションの説明書きにもそう書かれていた気がする。

「――小清水はだいじょうぶだよな？」

「た、たぶん……」

不安になった陽人と玲が、思わず顔を見あわせる。

と、そのとき、陽人のタブレットから着信音が聞こえてきた。

ハッとして視線をやると、画面には凛の名前が表示されている。

「小清水！　無事か!?」

『うわっ、びっくりした～。どうかしたの？』

タブレットから聞こえてくる凛の声はいつもどおりだ。

アラームの音も聞こえない。

陽人は全身から力がドッとぬけそうになった。

「凛ちゃん無事でよかったね、陽人」

『あ、玲も一緒なのねー！　よかった！』

となりで話しかけてきた玲の声が聞こえたらしい。

あまりにいつもどおりな凛に、ひとりだけあせっていた自分が恥ずかしくなってくる。

「そんなことより！」

だから陽人は、話題を変えることにした。

「つぎのミッションの通知きてたろ？　小清水はどうする？」

『え？　おもしろそうだから、もう花やしきのなかにいるわよ？』

「は!?」

あっけらかんとそういわれ、陽人は声をあげてしまった。

ミッション2の通知からそんなに時間はたっていない。

たまたま近くにいたのかもしれないが、あいかわらずの行動力はすごいとしかいいようがない。

『でね、いま「フラワーステージ」っていうところの前にいるんだけど、ステージの上にいろんな箱があるみたい。たぶんあれが宝箱よね！』

「あ、専属ハンターに気をつけろよ！」

『わかってるー！　さっき「にんにんパーク」のほうにむかってるのが見えたから、まだだいじょうぶよ、きっと』

ウキウキとした調子でこたえた凛は、それから少しして「うーん」とうなった。

「どうした？」

『ミッションの説明を書いた看板があったんだけど――』

ステージ上に設置されている立て看板の内容はこうだ。

◎ひとりにつき、ひとつだけ選ぶことができる。
◎【宝箱】からは〈無敵おまもり〉以外もでる可能性がある。

どうやら宝箱はひとつしかあけられないらしい。

「〈無敵おまもり〉以外……っていうところがひっかかるね……」

玲もむずかしい顔になる。

はずれの箱をひいた場合、〈無敵おまもり〉がはいっていないだけならまだしも、ハンターが増えるなんてことになったら大変だ。

残り時間はまだあと38分もある。

〈無敵おまもり〉はとても役立つアイテムだけど、ペナルティの危険度がわからないのは怖い。

ハンターが増える可能性を考えるなら、もう少しあとのほうがいいかもしれない。

「ねえ、陽人。凛ちゃんに――」

伝えてほしい、と玲がいいかけたときだった。

通話のむこうで、凛の「ヤバッ」というみじかい悲鳴が聞こえてきた。

「小清水!?」

『ごめん陽人！　見つかったみたい！　きるわねー！』

いうなり通話がきられてしまう。

思わず顔を見あわせて、陽人と玲は凛の無事をいのるしかなかった。

同じころ、「新仲見世通り」を歩いていた咲良は、伝統民芸品のならぶ店先に目をかがやかせていた。

「うわぁ、すごい！　これって羽子板よね。本物をこんなに近くで見られるなんて……。あっ、ここは下駄のお店ね！　鼻緒がかわいい～。これ全部手作業かしら……」

店先に飾られた下駄の一点一点に職人の技を感じて、咲良は、ほぅっ、と息をついた。

「あ、この下駄のもよう、おじいちゃんがくれたブローチと似てる！」

咲良のおじいちゃんは大工で、お父さんは時計職人をしている。

おばあちゃんは編み物が得意で、お母さんは料理教室の先生だ。

そんな環境のおかげか、物心ついたころから、咲良はモノづくりが大好きだった。

今日着ているスカートも、咲良が自分で縫ったものだし、ブレスレットは、最近はじめた革細工とミサンガでつくったお気にいり。

「やっぱり職人さんのお仕事は丁寧でステキだわ……私もいつか、こういうキラキラしたものをつくれるようになりたいなぁ」

咲良が**【逃走中】**に応募したのは、お金のかかりがちな革細工の材料を買うために、賞金がほしかったからだ。

だが、いまはそれ以上に、職人の技がそこかしこに見られる浅草の町のとりこになっている。ミッション2の通知は見ていたが、それよりも目の前の作品を見ているほうがずっと楽しい。

そんなことを思いながら、商品ケースから顔をあげた咲良は、すぐ近くで、奇妙な動きをしている男子がいることに気がついた。

ハンターを警戒しているのか、腰をかがめて、じりじりとうしろ歩きをしている少年は、そのままどんどん咲良に近づいてくる。

「あの――」

「うわあぁっ！」

ぶつかりそうだと思った咲良が声をかけると、その声をかき消すような大声をあげて飛びはねたのは、郁也だった。

「おどろかせてごめんなさ――」

「ま、ま、前見て歩けよな！」

ハンターとかんちがいしたことに気づいたらしい郁也が、顔を真っ赤にして人さし指をつきつけてくる。

（前を見て、うしろ歩きするのはいいのかしら……？）

郁也の指摘に、首をちょこんとかたむけてふしぎに思った咲良は、ハッとして郁也の指を両手でつかんだ。

「な、なんだよ――」

「これ！　もしかして――チャネルの革手袋!?」

郁也の手をとって顔を近づけると、なめした革のいいにおいがする。

しっとりと手になじむやわらかさとあたたかみがあり、本革特有の光沢もある。

いつかこんなに素敵な革でつくってみたいという気もちが、ぐんと高まった。

「そうなんだよ！」

そんなところを見られているとはしらない郁也がうれしそうな声をあげる。

「よく気づいたな！　こっちはクッチだし、このベストはチャネルの直輸入品で――……」

つぎつぎと自分の着ている服のブランド名を説明する郁也は自信満々だ。

胸をはって咲良を見おろす。

「おまえ、見る目があるな！　やっぱり高級ブランドは最高だもんな！」

「え？　私はブランド品でも安いものでも、好きならどっちでもいいと思うんだけど……」

「はぁ!?」

けれど、咲良の言葉で信じられないというかのように表情がくずれる。

「なにいってんだよ、高いものがいいに決まってるだろ!?」

「でも、プチプラみたいに、安くてもいいものはたくさんあると思うし……」

「は!?　はぁ!?　はぁぁっ!?」

郁也の目がさらに大きく見開かれて、咲良はこまってしまった。

値段相応、とか、安かろう悪かろう、という言葉があるのはしっている。

だけど、好ききらいは別物だ。

安くても、古くても、不格好でも、咲良は自分が好きなものを身につけたいし、つくりたい。それぞれの「好き」を大事にすればいいと思うからだ。

「え、えぇとね……」

機嫌をそこねてしまったのか、ぷいっとそっぽをむいた郁也に話しかけようとした、そのとき。

「あれって、もしかしてハンター……？」

通りの奥に、黒いスーツ姿のハンターが見えた。

機械的な動きで左右に首をふっているハンターは、まっすぐこちらにむかっているようだ。

だが、まだ咲良たちには気づいていない。

「う、うわっ！　まずい！　ハンターだ！」

いうなり郁也は、咲良を押しのけて走りだした。

その動きで、ハンターは咲良たちを見つけてしまった。

「逃げないと……っ」

郁也はもうつきあたりまで一目散に走っている。

少しおくれて走りだした咲良も必死に足を動かして、右にまがって走りつづける。

「ううう……怖くない……怖くなんてないんだぞぉぉ……」

完全に腰のひけたかっこうで、両腕で体をだきしめながら、光太はぶつぶつとつぶやきつづけていた。

少し前に、莉々が確保されたという通知がとどいてから、光太のふるえはどんどん大きくなっている。

(莉々って人、きっと時限アラームの解除にまにあわなかったから、ハンターにつかまっちゃったんだ。ぼ、僕が、そうなってたかもしれないんだ……)

そう思うと、足まで小刻みにふるえてくる。

ゲーム終了まであと36分。

賞金額は、１４４，０００円。

「や、やっぱり自首したほうがいいのかなぁぁっ」

こんな大金は見たことがない。もうじゅうぶんな気がしてくる。

マップを開いて確認すれば、現在地は「たぬき通り」をすぎて、オレンジ通りにはいったところだった。

「でもでも、芸の道は1日にしてならずともいうし……そ、そうだよ！　芸事に集中できるように、いまのうちにお金を貯めておくのはぜったいいいはずだ！　うん！」

自分にいいきかせるようにして、光太はグッと拳をにぎって顔をあげた。

目の前にあるのは赤茶色の大きな建物だ。

「ここって……」

見あげると「浅草公会堂」と書かれた立て看板があった。

「じゃあ、じゃあ、たしか、こっちのほうにぃっ」

光太はパッと顔をかがやかせて走りだした。

正面入り口前の地面に、たくさんの手形がタイルのあいだにはめこまれるようにしてならんでいる。手形のそばには、それぞれに有名人の名前のついたプレートがついていた。

「これが活躍した有名人だけが手形とサインを残せるっていう、有名な『スターの広場』かぁ！　わわっ！　林家師匠に、三遊亭師匠、桂師匠のもあるー！　僕の心の師匠たちの手形だーっ！」

憧れの落語家たちの手形を見つけて、光太は「うわぁうわぁ」と声をあげた。

「すごいなぁ、かっこいいなぁ！　ここに！　僕の手形も！　将来ぜったい飾られるんだよなぁ！」

佐々木光太、と書かれたプレートのついた手形が、憧れの師匠のとなりにならぶ。

そんなことを考えると、さっきまで怖かったのがウソみたいに勇気がわいてきた。

興奮のまましゃがみこむと、光太は手形のひとつに自分の手をくっつけてみた。

「ふっふっふ。いいねいいねぇ！　なんか僕にしっくりきちゃう感じだなぁ！」

うんうん、とひとりで納得しながらうなずく光太の頭上に、ふと影が落ちる。

「んん？」

にこにこしたまま顔をあげた光太の目にうつったのは、

「――え」

自分をのぞきこむように見おろしている、黒いスーツにサングラスをかけた大きなハンターの姿。

「えっ、え、ぇ、ぇ、ええええっ!?」

ハンターの手が、しゃがんだまま腰をぬかしてしまった光太に近づいてきて――

ピロリロリン♪

『佐々木光太、浅草公会堂前にて確保。残り8人』


その通知がとどいたとき。

萌絵はすぐ近くのT字路で、着物屋の壁にべったりと背中をつけて青ざめていた。

「やっば……やっばぁ……っ」

一緒に人力車ミッションをクリアした光太が、とつぜん轟音とともに落ちた稲光につつまれて消えていくのを見てしまった。

「マジ、あのちびっこ、やっばいじゃん～！」

タブレットをにぎりしめて、萌絵はこれでもかと「やばいやばい」をくりかえす。

見つからないように顔だけのぞかせて様子をうかがえば、ハンターは萌絵のいる場所とは逆の道へいってしまった。

「うん、よし、あたしムリ。これは自首一択でしょ！」
そう決意して、萌絵は大きくうなずいたのだった。

ゲーム残り時間35分。
賞金額は、現在¥150，000。
逃走者　残り8人。

逃走中参加者名簿

和泉陽人（いずみはると）

白井 玲（しらい あきら）

小清水 凛（こしみず りん）

佐々木 光太（ささき こうた）

星川咲良（ほしかわさくら）

財前郁也（ざいぜんいくや）

七瀬萌絵（ななせもえ）

朝比奈 莉々（あさひな りり）

藤波 駿（ふじなみ しゅん）

青木尚文（あおきなおふみ）

ゲーム残り時間　35:00

賞金額　¥150,000

04

なにがでるかはお楽しみ

「残り時間、もう少しで半分じゃん」

光太確保の通知を読みながら、尚文はポリポリと頭をかいた。

あまりやる気のなさそうな動きで、リストウォッチに視線をむける。

賞金額は１５０，０００円、１５０，１００円、１５０，２００円、とすごいいきおいであがっていく。

片手をポケットにつっこんだまま歩いていた尚文の目がきらりと光った。

「おおー……すっげー……これだけあったら、プラモ超買えるよな……」

マスクをつけた顔の下で口もとをにやりとさせる。

尚文の趣味はプラモデルやミニチュアの模型をつくること。

そして、それをつかって、大きなジオラマをつくることが夢だ。

「最後まで逃げきったら、もっとすっげー金額になるんだよな」

尚文がいるのは「すしや通り」にあった十字路を左にはいってすぐのところで、自首用電話がある場所に近い。

そろそろ自首をしようかと考えていた尚文だったが、こうしてどんどんあがっていく賞金額を見てしまうと、もう少しくらいいいんじゃないかと思えてしまった。

「ハンターっていうのも、ボク、あれから1回も見てないしな」

だから確保通知がとどいても、どこか他人事としか思えないのだ。

尚文は少し考えるように立ちどまる。

「……〈無敵おまもり〉ってのの、あったら逃走に有利になるんだよな？」

リストウォッチの金額と、残り時間をチラリと見て、尚文はぽそりとそういった。

🏃 🏃 🏃 🏃 🏃 🏃 🏃 🏃

尚文が浅草花やしきにむかおうとしていたところ。

駿は右手を額にかざしながら、「奥山おまいりまち」を歩いていた。
きょろきょろとあたりを見まわしながら横道にはいる駿は、ハンターを警戒していると
いうよりも、だれかをさがしているような雰囲気だ。
「うーん、助けを求めるかわいこちゃんはいないかな～。いないな～」
パチン、パチン、と懐中時計のフタをあけしめしては、残念そうにため息をつく。
「さっき通知がきてた子、捕まっちゃったのはかわいそうだけど、女の子じゃなかったの
が救いだよな～」
駿はかわいい女の子が大好きだ。女の子は女の子であるだけで全員かわいいと思ってい
るから、つまり女の子が好きなのだ。
女の子に「やさしい」とか「かっこいい」とかいってもらえたら、単純にうれしい。
だから、こまっている子がいたら、全力で力になってあげたい。
そんなことを考えながら歩いていた駿は、ふと、金魚すくいの店の前にだれかがいるこ
とに気がついた。
スタジャンにニット帽をかぶった、目の大きな女の子——

「萌絵ちゃんだ！」

「うっわ！　びっくりした〜！　マジ、ハンターかと思ったじゃん！　その黒い服どうにかしてよね、フージー！」

「フ、フージー……？」

かけよった駿の苗字で勝手にあだ名をつけたらしい萌絵は、プンとほおをふくらませて駿をにらむ。

「ごめんごめん。えー、じゃあさ、こんど俺が着る服、萌絵ちゃんが選んでくれたらうれしいな〜」

駿は両手をあわせて、眼鏡の下で萌絵にウィンクをしてみせた。

クラスの女子にウケのいい表情だ。

「え？　ヤバ。めんどいからヤダ」

だけど、萌絵はあっさりとそういった。

「えっ、な、なんで……!?」

さすがの駿もちょっとあわてる。

思わず理由をたずねると、萌絵はあたりまえだといわんばかりに、腰に手をあてて首をふった。

「あたし、自分の好きな服はわかるけど、フージーの好きなのしらないし興味ないし。自分で自分の好きな格好したらいいーじゃんって」

あっけらかんとそういわれて、駿は目をまたたいた。

(自分をしっかりもってる子も……イイ!)

ぜったい連絡先を聞いて、ぜひとも、もっとなかよくなりたい。

駿が「あのさ」といいかけたそのとき、

「ヤッバ、あたし、自首用電話さがしてるんだった!」

萌絵がとつぜん大きな声をあげた。

「え? 自首するの?」

「うん。だってもうじゅうぶんじゃない? あたし、トレンドファッション買いたくて参加したんだけど、プチプラでじゅうぶんだから、正直、そんなたくさんお金なくてもいいじゃーんって思ったんだよね」

ハンターにずっと追いかけられるとかヤバイじゃん、と真顔でいう萌絵は真剣だ。

駿は、そういう考えもあったのかとおどろいた。

萌絵のいうとおり、ハンターに追いかけられる恐怖より、目標金額を達成させて自首をするというのもいいかもしれない。

「あ、じゃあさ、俺が自首用電話のあるところまで、きみの騎士になってあげるよ！」

ドン、と胸をたたいた駿に、萌絵はうさんくさそうな表情をむけた。

けれど、駿がもっている懐中時計に目をやって、パッと表情をかがやかせる。

「あ、もしかしてそれが〈無敵おまもり〉!?　えー、フージー、つかえるヤツ〜！」

「え？　あ、これは俺の時計で、いまはちょっとこわれてて動かないんだけど……、あっ！　でも俺が萌絵ちゃんの〈無敵おまもり〉になるからだいじょうぶだね！」

片手を額に当てて、キラッと白い歯を見せた駿に、萌絵は思いきり顔をしかめた。

「ヤバ、超つかえなそー……」

「そんなことないよ!?　もしハンターがきたら、俺が萌絵ちゃんのオトリになるし！」

「いやいやいや。そんな不確定なオトリよか、〈無敵おまもり〉もっててくれたほうがマシなんですけどー。ていうか、そんな動かない時計、意味なくない？　時間見るならリストウォッチで充分だし、フージー意味ないっつーの」

萌絵がつっけんどんにそういったときだった。

偶然やってきたハンターが、ふたりの姿を見つけてしまった。

「ヤバーッ！　ハンターに見つかっちゃったー！」

聞こえてきた足音に、先に気がついたのは萌絵だった。

「え？　わ――」

「オトリ騎士さま、よろーっ！」

一瞬おくれた駿にそういって、萌絵はダッと走りだした。

「う、うそぉおっ！」

すぐ前のつきあたりをまがってしまった萌絵はふりかえりもしなかった。

このままあとを追うなら、駿も同じ道をまがることになる。だが。

「オ、オトリ騎士の名はダテじゃないぜ！」

女の子とした約束は、守らなければ男じゃない。

そんな、自分の美学を胸に、駿はやってくるハンターにむかって走りだした。

ハンターとの距離はまだ少しある。

手前の道をまがれば、きっとハンターは自分を追いかけてくるはずだ。

「萌絵ちゃんを、追わせてなるものかー！」

そういって、駿はがむしゃらにスピードをあげたのだった。


残り時間が33分。

賞金額が１６２，０００円となったとき。

浅草花やしきのフラワーステージの真ん前で、尚文と郁也は無言でにらみあっていた。

（まさか、こいつもミッションやりにきたっていうのか……？　こんな、全身ジャージの貧乏くさいクソダサ男が？　金の有効的な使いかたも知らなそうなのに？）

郁也は、マスクの位置を確認するように手をあてている尚文を、下から上までなめまわすようににらみあげる。

反対に、尚文はチラリと郁也を見て、マスクの下でため息をついた。

(……うっわ。全身ブランド男あらわる〜。こういうやつって、偏見すごそうでかかわりたくないんだよな……)

ステージ上には宝箱がたくさんおかれていて、あけられるのをいまかいまかと待っているのに、おたがいのあいだには、イヤな空気が流れている。

尚文は、しかたなしに口を開いた。

「あのさ、先にやっていいかな。ボク、あの江戸切子の箱あけたいんだけど」

「は？　ダメに決まってるだろ。ここに先にきたのはオレなんだ。オレが先にあける権利がある」

「は？」

「は？」

ほとんど同時についたというのに、エラそうないいかたをされて、尚文の目がけわしくなった。負けじと、郁也もクイッと顎をあげて前にでる。

ふたりのあいだに火花が散った。

一触即発の雰囲気だ。

だが、その雰囲気をこわしたのは、すぐそばの階段からおりてきたハンターの存在だった。

「ハ、ハンターだ！」

「くそっ！　おまえのせいだぞ！」

「なんでボクのせいになるんだよ！」

大声で文句をいいながらあわてて逃げだしたふたりに、ハンターがようしゃなくせまってくる。

尚文はビックリハウスの横にあった階段を一足飛びでかけあがった。

ゼェハァと肩で息をつきながらふりかえる

と、ハンターはいない。

どうやら郁也がターゲットに選ばれたようだ。

「ひ、ひとのせいにするからだ……っ」

ホッと胸をなでおろしながら、尚文はそろりそろりと階段をおりはじめた。

郁也が追いかけられているいまが、チャンスだ。

「いまのうちに宝箱をあけさせてもらおうっと」

慎重に歩みをすすめてフラワーステージの前へともどる。

ステージの上には、大小さまざまな種類の宝箱がおかれていた。

立派な革でできた大きな箱、宝石がちりばめられてキラキラしている箱、ガラス細工の箱に竹細工の箱、ハートやカラフルなドット模様など、いろいろな色や柄の箱もある。

「よし、これこれ」

尚文は、きれいなグラデーションの江戸切子のガラス箱を手にとった。

片手に少しあまるくらいの大きさの箱だ。

どきどきしながらフタをあける。

「……ん？　なんだこれ？」

なかにはいっていたのは、雷マークのついたせんべいと、¥マークのついた紙だった。

一緒にはいっていた紙には『**体力が回復するお得なアイテムと、1秒100円UP**』という言葉が書かれている。

同時に、**ピロリロリン**、と音が鳴って、全員のタブレットにも『**青木尚文があけた宝箱により、残り31分から賞金額は1秒200円となる**』と通達がされていた。

「ちえっ、〈無敵おまもり〉じゃないのか。でもまあ、賞金があがるのはラッキーかな」

尚文が唇をとがらせながら、そういったとき。

入園口から、もう1体、黒いスーツのハンターがやってくるのが見えた。

「は!?　そんなんありなの!?」

まさかハンターがはいってくるなんて思わなかった。

だが、ミッション2の内容には『**通常のハンターに加え、「浅草花やしき」のなかには、1体の専属ハンターがいる**』としっかり書かれている。

ミッションの内容をきちんと読んでいなかった尚文が完全にゆだんしていただけだ。

あわててステージから飛びおりるも、ハンターはもう目と鼻の先の距離にきていた。

「は、速すぎる……っ！」

長い手足で、風をきるように走るハンターは超スピードで尚文にせまる。

せっかく手にいれた雷せんべいだって、食べているヒマなんてない。

「せ、せっかくなら、足が速くなるグッズだったらよかったのに――」

やっぱりさっき自首していればよかったと思ってもあとのまつりだ。

前だけ見て、必死で走る尚文の肩にハンターの手がのばされて。


ピロリロリン♪

『青木尚文、浅草花やしき、ちびっ子タクシー付近にて確保。残り7人』


「ふ、ふんっ。ざまあみろ！」

尚文確保の通知を見て、そうはきすてた郁也の息はずいぶんあがっている。

もうダメかと思った郁也だったが、遊具のまわりをどうにかこうにかぐるぐるまわり、専属ハンターの視界から逃れることができたのは、ついさっきのことだった。

残り時間は31分。

賞金額はすでに174，000円になっている。

「賞金アップさせたことだけは、ほめてやってもいいけどな！」

郁也を見うしなったハンターが「マルハナ縁日」のほうへ歩いていくうしろ姿を見送って、そろりそろりとフラワーステージまでもどってきた。

「あんなダサいかっこうのヤツに、このスタイリッシュなオレが負けるなんてありえないからな！」

ふん、と胸をはってふんぞりかえりながら、郁也は宝箱を見おろした。

「こんなの、当たりの箱なんてきまってるじゃないか」

悩むことなく郁也が選んだのは、キラキラとした宝石がちりばめられた一番大きな宝箱だった。

いい箱には、それに見あったものがはいっているという自信が郁也にはある。

「大は小をかねるっていうしな！　これで、どうだ！」

得意げに箱をあけたとたん、**ピロリロリン♪**　とタブレットが鳴った。

だがなかにはいっているのは1枚の紙で、ほかにはなにもはいっていない。

「な、なんだこれ!?」

紙をひろって読んだ郁也は、すっとんきょうな声をあげてかたまってしまった。

タブレットにも『**財前郁也があけた宝箱により、ハンターが1体追加となった**』という紙と同じ文言がとどいている。

「……は？　はぁ!?　ハンター追加!?」

ひゅっと心臓が冷える音が聞こえた気がする。

郁也は箱につまずきそうになりながら、あとずさる。

「じょ、じょうだんじゃない！　オレは悪くないぞ。オレのせいじゃない。だんじてちがう！」

言葉とはうらはらに、心臓の音はドクンドクンと大きくなってくる。

郁也はベストの上から胸をおさえて、顔をあげた。

「と、とにかく、いったんここからでよう。そうだ、そうしよう！」

あわてて退園口にむかった郁也は、浅草花やしきから逃げるように飛びだして――

どん、とだれかにぶつかって、思わず地面にしりもちをついた。

「あ、あぶないだろ！　前見て歩けよ、……な……？」

怒りながらふりあげた拳は、太陽の光をきらりと反射したハンターのサングラスの前に、力なく地面に落ちていった。


ピロリロリン♪

『財前郁也、浅草花やしき前にて確保。残り６人』


ゲーム残り時間30分。

賞金額は、現在￥１８６，０００。

逃走者　残り６人。

逃走中 参加者名簿

和泉陽人

白井 玲

小清水 凛

佐々木 光太

星川咲良

財前郁也

七瀬萌絵

朝比奈 莉々

藤波 駿

青木尚文

05 初志貫徹は成功のもと？

run for money original story

この数分間で、確保通知がたてつづけにとどいている。

ひとまず浅草花やしきをめざして進んでいた陽人たちは、思わず顔を見あわせた。

「このミッションって、そんなにむずかしいのか？」

「うーん……尚文くんは花やしきのなかだから、専属ハンターに捕まったのかもしれないけど、郁也くんは敷地の外で捕まってるよね。郁也くんがあけた宝箱でハンターも増えちゃったわけだし……とにかくいま近づくのは危険かもね」

ふたりがいるのは、「六区ブロードウェイ通り」の大きなホテルの前。

ここからまっすぐ進むつもりだったのだが、少し時間をおいたほうがよさそうだ。

リストウォッチに表示されている残り時間は、30分。

ミッション2が終了して、宝箱がなくなるまであと10分の猶予がある。

「戦略的撤退だな」

「そういうこと」

一緒に所属しているサッカーの試合でも、残り時間や敵の動きを見て、あえてゴールから遠ざかることでチャンスが見えてくるときもある。

「いったん、六区通りまでもどろうか。あそこなら、けっこう道もわかれていて、万が一のとき逃げやすいと思うんだ」

「了解！」

玲の提案に異論はない。

六区通りにつながった5つ又の交差点までもどってくると、道のド真ん中で立ちどまっている女子がいた。スタジャンにニット帽——萌絵だ。

タブレットを右に左に傾けながらこれでもかと顔を近づけて、何度も首をかしげている。

「なあ、玲。あれってもしかして……」

「道に迷ってるのかな？」

と、タブレットから顔をあげた萌絵が、陽人たちに気がついた。

「ちょーどいいところにいた、そこの男子ーズ！　おーい！」

「うぉっ！　声がデカい！」

ぶんぶんと大きく手をふってかけてくる萌絵にあわてて、陽人は口の前で人さし指を立てて見せた。

「ねえねえ、ちょっと聞きたいんだけど、ここってどこ？」

だが萌絵は陽人の様子をまるで気にせず、もっているタブレットを見せてきた。

現在地をしめす赤い丸が、「東洋館」の前でゆっくりと点滅している。

「ここだろ？」

「ふーん。なるほどなるほどー。で？　あたし、どっからここにきた感じ？」

「いや、しらねーよ。俺たちはあっちからきたんだから、それ以外だろ」

「なるほどなるほどー？　で？　あっちって、地図でいうとどこになる感じ？」

「はぁ？」

かみあっているようでかみあっていない。

いまいる場所が東洋館の前だということも、なんとなく理解していない気がする。

もしかして、萌絵は地図がまったく読めない方向音痴なのかもしれない。

同じ考えにいたったらしい玲が「ええと」と口を開く。

「もしかして道に迷ってる？　ミッションやりにいくところとか？」

「いやいやいや、まっさかー。自首用電話をさがしてんだけど、ぜんぜん見つからなくて詰んだなーって思ってたとこ！」

萌絵は、大きな目をくりくりさせて、あっけらかんとそういった。

「自首!?　だって、まだ30分ちかくあるのにか!?」

おどろく陽人に、萌絵はきょとんと目をまたたく。

「うん。だってあたし、これくらい賞金もらえたらラッキーだし。んで？　ここから一番近い自首用電話の場所ってわかる？」

萌絵の決意はかたいらしい。

まったく迷うそぶりもなく、またタブレットを見せてくる。

ここからだと、浅草西参道商店街か、「国際通り」のつきあたりにある自首用電話が、どちらも同じくらいの距離だ。だが浅草西参道商店街はいり組んだ道の先にある。

陽人と玲は、無言で視線をかわしあい――

「「ぜったいに国際通りのほうが近い！」」

ふたりの声がぴたりと重なった。

「この通りをまっすぐいって、つきあたりを左にまがればあるはずだから」

「横道にははいるなよ。ぜったいだぞ！」

ハンターと遭遇したときのことを考えるなら、浅草西参道商店街のほうが姿を隠せる可能性は高い。けれども、萌絵の迷いかたを見るかぎり、地の利はいかせそうにない。

「りょーかい！　まっすぐいって左ね！」

いうなり萌絵はタブレットをウェストポーチにつっこんだ。

マップを開いて確認するつもりはもうないらしい。

あっけにとられてしまった陽人にむかって、「そういえば」と萌絵がポケットを指さした。

「それ、落ちそうだけど、マスコット？」

「え？　うぉっ！　あっぶね……！」

見ると、ポケットからタヌキのマスコットがぷらんとぶらさがっている。

走っているあいだに、ポケットのなかでずりあがってきたのかもしれない。

「あ、腕とれかけてるじゃん。かわいそー」

「あ〜……いや、これは……」

かくすようにポケットに入れなおそうとした陽人から、萌絵がひょいっとうばいとった。

「あ、こら——」

「なにこれ、けっこう古くない？　そんなたいせつなもの？」

こんなに古くなってももっていたくらいだから、凛にとってはそうなのだろう。

まあな、とらんぼうにいってうばい返した陽人に、萌絵は「ふーん」とつまらなそうに相づちをうった。

「よくわかんないけど、あたらしいの買えば？」

それをいった陽人が凛におこられたのは、ついさっきだ。

ムッとまゆをよせた陽人に、事情を知らない萌絵はきょとんと首をかしげる。

「じゃあ縫うとか、ボンドでくっつけるとかしたらいーんじゃない？　って、まあいいや！

じゃね、あたしは自首してきまーっす」

軽い調子でそういって、萌絵はそのまま走りだした。

まっすぐいってつきあたりを左――といったのに、なぜだか迷うことなく右の横道にはいってしまう。

「あっ！　おい――」

「あの子、完全に反対の道にいっちゃったね……」

思わず声をかけるも、萌絵の姿はもう見えない。

ここでヘタに追いかけて、ハンターに見つかればともだおれになってしまうだろう。

だけど、あっさり道をまちがえた萌絵をほうっておくのも寝ざめが悪い。

リストウォッチにしめされた残り時間は29分。

賞金額は１９８，０００円。

まだ逃走の時間も、ミッション２の終了までも時間はある。

「なあ、玲」

「ねえ、陽人」

やっぱり追いかけようと、どちらからともなくいいかけたそのとき。

国際通りからハンターがこちらにむかってやってくる姿が見えた。

「まずい、ハンターだ！」

「に、逃げよう！」

「おう！」

ハンターがやってくる前に、とれる選択肢はひとつだけ。

見つからないように逃げるだけだ。

陽人たちには賞金がほしい理由がある。

前回の【逃走中】がおわったあとに、陽人と玲、それに凛は約束をした。

いつか3人で「現実で逃走エリア旅行」をする——。

そのために、最後まであきらめないとちかったのだ。

「見つかってたまるか……っ」

手にもっていたタヌキのマスコットをポケットの奥につっこんで、陽人は六区通りにかけていく。

陽人たちとわかれた萌絵は、案内されたのとはぜんぜんちがう道を、迷いのない足取りでつき進んでいた。

「つきあたり、つきあたり〜、って、このへんだよねー」

ふんふんと鼻歌まじりで十字路を左にまがろうとして、バッと顔をひっこめる。

道の先に見えるひらけた道路を、黒いスーツ姿のハンターが歩いている。

「ヤッバ、つきあたりまがってたら見つかってた感じ！」

あわてて壁にへばりつき、あたりを見まわす。

近くにあったほそい道に逃げるようにとびこんで、ひたすら小走りで通りぬける。

少し大きめの道につきあたり、コンビニの前を通って、こんどは右へ。

もう自分がどこにいるのか、萌絵にはさっぱりわからない。

さすがにマップを確認しようかと思ったそのとき。

「きゃっ！」

「ひゃっ！」

よそ見をしていた萌絵は、前を歩いていた咲良に思いきりぶつかってしまった。

おどろいてふりかえった咲良が、ハンターではないことにほっとした表情を見せる。

「わーっ！　ごめん！　ケガしなかった？」

「だいじょうぶ。私も気づかなくてごめんなさい」

おっとりとした口調で、咲良は顔の前で両手をふる。

萌絵はもう一度あやまって、それからタブレットをとりだした。

「ごめんついでに、教えてほしいんだけど」

マップを開いて咲良にむける。

「ここはどこで、あたしはどこにいて、近くの自首用電話の場所がどこかってわかる？」

「ええと……あ、ここからなら言問通りの電話が一番近いかも」

いきなりぶつかって、とつぜんマップをつきつけた萌絵に、咲良はイヤな顔ひとつしないで指でマップの上をなぞってくれた。

「なるほど、なるほどー。ということは、この道を右にいけばいいってわけね！」

「ううん、左」

けれどもせっかく教えてくれた道とは真逆を、萌絵は元気よく指さした。

すかさず訂正されて、萌絵はタブレットに食いいるように顔を近づける。

赤い丸が線の上にあるのはわかるけれど、それ以外がわからない。

地図に描かれた縦横ななめの線は、萌絵にはどれも同じに見える。

「……ねえ、すぐ近くだから、私もそこまで一緒にいってもいい？　ふたりのほうが、ハンターがいたら気づける可能性あがると思うし」

うーん、とうなりながら地図とにらめっこしている萌絵へ、咲良がおずおずといった。

「いいの!?　ヤバ、天使！　ありがとー！」

ガバッとだきつきよろこぶ萌絵に、咲良もふわりと笑顔になる。

残り時間は27分。

賞金額は２２２，０００円。

マップを確認しながら慎重に歩きだした咲良にならんで、萌絵はきょろきょろと周囲に視線を走らせる。

「あ、そーだ。ねーねー、咲良っちも一緒に自首する？」

だけどすぐに興味がそれたようだ。

聞かれた咲良は、萌絵の代わりにあたりを警戒しながら首を横にふった。

「私はまだもう少しがんばりたいな」

「そーなんだ。あたしはねー、洋服とかすごい好きで、自分の好きな服とか買いたいなーって参加したんだけどねー。雑誌とかでいいなーって思うやつに超似た服をプチプラで見つけて買うのたのしいから、こんくらいもらえたら超ラッキーなんだよねー」

いいながら、ほそい路地にはいった咲良のあとにつづく。

と、そのときふと、咲良の着ているスカートのすその両はしが、リボンでむすばれているのが目に留まった。あまり見たことのないデザインで、咲良の雰囲気にもよくあっている。

咲良が歩くたびに、ふわりふわりと花がおどるように動いているのもとてもかわいい。

どこで買ったのか教えてほしい。

高いブランドのものだったら、プチプラで似たようなスカートをさがしたい。

「ヤッバ、そのスカート超かわいい！　どこのお店の―!?」

そう思ったら、萌絵は思わず大きな声をだしてしまっていた。

咲良がこぼれんばかりの笑顔でふりかえる。

「本当!?　わ……わ～……すごくうれしい！」

それから少してれくさそうにほおを赤らめる。

両手でほおをおさえながら、咲良はスカートをゆらすように動かした。

「これね、最近、私がはじめて自分でつくったものなの」

「え!?　服って自分でつくれんの!?」

思いもしなかったこたえに、萌絵はさらに大きな声をだしてしまった。

海外とか工場とか、そういうところで機械的につくられているとばかり思っていた。

「ヤッバー……咲良っち、天使だけじゃなくて天才じゃん。天才天使のテンテンじゃん」

すごいすごいと手放しでほめる萌絵に、咲良はうれしそうにほほえんだ。

「ありがとう。自分でつくったものをほめられるのって、すっごくうれしい。あ、そうだ！　萌絵ちゃんも、いいなって思うお洋服、自分でつくってみたらどうかしら！　ちいさくなってもリメイクしたりして、おもしろいし、ステキだと思うの！」

咲良が声をはずませる。

名案だといわんばかりの提案だが、萌絵はパッと両手をあげて首を横にふった。

「んーん。あたしはいっかなー。そんな器用じゃないし、縫ってるあいだにキーッてなりそう。ショッピング自体もたのしーし」

「あ、たしかに！　お店で自分の好きなものさがすのもすごく楽しいものね！」

うんうん、とうなずく咲良とホテルの横をとおりすぎ、ふたりは言問通りにでた。

幅の広い道路を左右に見わたすが、ハンターもほかの逃走者たちの姿もない。

ドキドキしながら道なりに進むと、道路をはさんだむこう側に、雷おこしの店が見えてくる。そのちょうど正面にコンビニがあり、そのすぐ横に電話のおかれた台があった。

「あったー！　あった！　咲良っち、ありがとー！」

「よかったぁ」

ほっとした様子の咲良を力いっぱいだきしめて、萌絵は迷うことなく受話器をあげた。

ピロリロリン♪

『七瀬萌絵、自首成功。残り5人』

ゲーム残り時間26分。
賞金額は、現在¥２３４，０００。
逃走者　残り５人。

逃走中参加者名簿

和泉陽人

白井 玲

小清水 凜

佐々木 光太

星川咲良

財前郁也

七瀬萌絵

朝比奈 莉々

藤波 駿

青木尚文

06

たどりつけない浅草花やしき

萌絵が自首に成功したという通知をうけて、陽人と玲は思わず顔を見あわせた。

「あいつ、どこの自首用電話で自首できたんだ……？」

「国際通りのとこじゃないことはたしかだよね……」

真逆の方向にまがってしまったのはたしかだが、ひとまず自首は成功したようでなによりだ。

陽人たちはあれから六区通りにはいり、浅草寺の横の道、「ホッピー通り」を進んでいた。

残り時間は26分。

ミッション2の終了時間まであと6分。

ミッションに参加するなら、そろそろ浅草花やしきにむかってもいい時間帯だ。

「あ、そういえば、凛ちゃんはまたミッションにいってるのかな」

ふと玲が思いだしたように顔をあげた。

そういえば、あれから凜とは連絡をとっていないし、逃走エリアであってもいない。

「さあな。でも〈無敵おまもり〉を手にいれてたら、連絡してくると思うぞ」

「うん。でもいまなら僕に連絡くるかもしれないよね」

「……なんだよ」

なにかをふくんだいいかたをされて、陽人はじろりと玲を見た。

けれど玲はにやりと笑って、陽人の肩をひじで軽くつつく。

「ちゃんと仲直りしなよ」

ものすごく大きなケンカをしたわけじゃない――と思う。

だけど、凜が怒っているのは、陽人がマスコットをふんづけてこわしてからだ。

ボロボロになったタヌキのマスコットをひろった凜の表情を思いだして、陽人は玲から視線をそらした。

あんなに悲しそうな顔をした凜ははじめて見た気がする。

「わかってるよ」

ポケットのなかのタヌキのマスコットをなんとはなしにさわりながら、陽人がそういったときだった。

うしろからハンターがこちらにむかってやってくるのが見えた。

「ハンターだ！」

「うわっ！　前からもきてるよ！」

「はさまれた！」

ホッピー通りの前後から、ハンターが猛スピードで陽人たちのいるほうへとやってくる。

このまま立ちどまっていたら袋のネズミだ。

ふたりはたがいに視線だけでうなずいて、十字路にむかって走りだした。

「捕まるなよ、玲！」

「陽人こそ！」

それを合図に、そのまま左右に展開する。

陽人は右側にのびた奥山おまいりまちへ。

玲は左側の道をいく。

（あと26分！　このまま浅草花やしきにいってやる！）

すぐ左に見えてきた道にまがって走りながら、陽人はハンターの追跡をのがれるようにスピードをあげた。


陽人たちがハンターに追われる少し前。

駿は、一足先に浅草花やしきに到着していた。

専属ハンターがちょうどカエルの遊具「ぴょんぴょん」の前をとおりぬけた背中を見ながら入場した駿は、するするとフラワーステージまでくることができたのだ。

「うーん。どの宝箱にするべきか……」

大小さまざまな宝箱を前に、駿は本気で悩んでいた。

「こっちの箱は高級そうだし、あ、そこの箱は女の子が好きそうだよな……でも、こっちは奥様ウケしそうなやつで……あ〜悩むな〜〜〜！」

駿の頭にうかんでいるのは、宝箱をもらってよろこぶ数多のレディたちの姿だけだ。
さんざん悩みながら箱のあいだを歩いていた駿は、ふと、小さな木箱に目を留めた。

「——あ、これ……」

それはなんのへんてつもない、少し古ぼけた木の箱だった。
だけど、駿は似たような箱を知っている。

「叔父さんがくれたこの時計の箱と同じだ」

いいながらチェーンにつけた懐中時計を手にとった。
海外で仕事をしている大好きな叔父さんが、駿の誕生日にくれた外国製の古い時計。
本当は流行のスマートウォッチがほしかったはずなのに、手のひらにずっしりと重みを感じる懐中時計を見たとたん、駿はとりこになってしまった。

ずっと、ずっと、たいせつにする！

そう叔父さんと約束した懐中時計は、ずいぶん前からこわれて動かなくなっている。
(海外製だしアンティークだから、部品が高いし、修理はむずかしいっていわれたんだよなー……)

だから、駿はお金がほしい。

そのために参加した**【逃走中】**で見つけたこの木箱は、運命のようだと駿は思った。

「よし、運命は大事だ！　俺はこれにきめたーっ！」

いきおいよく手にとってフタをあける。

なかにはいっていたのはサングラスマークのついた金色のおまもりと、**『〈無敵おまもり〉入手成功。おまもりをかざした一番近いハンターの動きを、1回のみ、30秒間止めることができる』**と書かれた説明書が1枚。

「おおーっ！〈無敵おまもり〉ゲット！　これで女の子がピンチのときに、助けてあげられるぞーー！」

そうときまれば、浅草花やしきに長居は無用だ。

駿はすぐに、ピンチの女の子をさがすために浅草花やしきをあとにしたのだった。

玲とわかれて逃げていた陽人は、うしろにせまるハンターの気配を感じていた。

「くそっ。なかなかまけないな……っ」

寄席の横の道をすぎ、見えてきたのは白い暖簾がかかったレストランだ。

そこを左に折れたところで、たまたま歩いていたのは凛だった。

「え、陽人？」

「小清水!? 悪い！ うしろからハンターきてる！ 逃げろ！」

「うそーっ！」

説明をしている時間はない。

ふたりは大あわてで走りながら、ホッピー通りをかけぬける。

大きな場外馬券場の前に駐車場があった。

すぐ横のわき道にすべりこむと、ふたりは息を殺して様子をうかがう。

「いる……？」

「……いや、逃げられたみたいだ」

そっと顔だけのぞかせてみても、ハンターの姿は見えない。

どうやら陽人たちの姿をようやく見うしなってくれたらしい。

ホッと息をついて胸からおろした陽人の手が、ポケットにあたる。

(——あ)

タヌキのマスコットが存在を主張しているようだ。

陽人はちらりと凛を見た。

視線に気づいた凛が、息をととのえながら陽人を見る。

「なに?」

「いや、その……悪かったと思って」

「ハンター? いまのはしかたないでしょー」

ケラケラと笑う凛はいつもどおりのように見える。

だけど、ここで適当に流してしまったら、いつまでもモヤモヤした気もちが残りそうだ
なと陽人は思った。

「いや、これのこと」

だから、陽人はポケットからこわれたタヌキのマスコットをとりだした。

「こわしてごめん」

正直なところ、これのどこがそんなに気にいっているのかはぜんぜんわからないが、凛を怒らせたのは自分がぶつかったせいだというのはわかっている。

素直にあやまった陽人に、凛は目をまるくした。

「――まさか陽人が、ちゃんとあやまってくれるなんて思ってなかったわ」

「なんでだよ。俺だって悪かったと思ってたからな」

「うん、でもなんで私が怒ってるのかはわかってないと思ってたから」

「――」

笑っていわれた言葉に、陽人は思わず口を閉じてしまった。

そこは――実はまだよくわかっていない。

ぶつかったせいで、マスコットがこわれたこと以外に、いったいなにがわるかったんだろう。

「でもまあ、落とした私も悪かったし」

内心で冷や汗をながしてると、凛はそういって笑ってくれた。

「うーん……腕とか、なにかでくっつけられないかしら……その子もだいぶ古いものだし、かわいそうなことしちゃったなーって思――」

「だよな！」

だから思わずホッとして、陽人は口がすべってしまった。

「そうだよな。これすっげー古いやつだもんな！　こんなのすてて、あたらしいやつにしてもいいんじゃない、か――……」

片腕のとれかけたタヌキをもちあげてふった陽人は、となりからヒヤリとした空気を感じて言葉をとめた。

見ると、凛が、いままでに見たこともないくらい冷たい目を陽人にむけている。

「――陽人」

「お、おおっ」

思わずビシッと気をつけをした陽人をまっすぐ見つめ、

「古いからどうでもいい、とか、あたらしいものにすればいい、とか、それをきめるのは陽人じゃないでしょ」

怒鳴るでも泣くでもなく、淡々といった凛は、たぶんものすごく怒っている。

だまってしまった陽人に背をむけて、凛はさっさと歩きだしてしまった。

「――あ、小清水――」

あわてて追いかけた陽人が、もう一度あやまろうとしたとき。

行く手をふさぐようにハンターが姿をあらわした。

「陽人、ハンター！」

「うおっ!?」

まわれ右をした凛が、ハンターと反対側にかけだしていく。

「とりあえず！　いまはとにかく逃走に集中！　いったん休戦！」

つられて走りだした陽人に、凛は大きな声でそうさけんだ。


ゲーム残り時間24分。

賞金額は、現在¥２５８，０００。

逃走者　残り５人。

逃走中参加者名簿

和泉陽人

白井 玲

小清水 凛

佐々木 光太

星川咲良

財前郁也

七瀬萌絵

朝比奈 莉々

藤波 駿

青木尚文

ゲーム残り時間 24:00

賞金額 ¥258,000

07

ギリギリの決着

「あれ？　ハンターきていないわよね……？」

全速力でかけぬけて、見えた横道にかたっぱしからはいりこみ、気がついたときには、凛はひとりになっていた。

そういえば、うしろで陽人が「こっちにいく！」とさけんでいたことがあったような、なかったような。

「んー……、まあ、捕まったって通知もきてないから、きっとむこうもだいじょうぶってことよね！」

考えてもわからないことはしかたない。

凛は気もちをきりかえて、リストウォッチを確認した。

残り時間は24分をきっている。

マップで現在位置も確認する。

いまいる場所は浅草ひさご通りと並行している道で、浅草花やしきがある方角とは逆側にあたる場所らしい。

「ミッションもやりにいきたいのよねー……よしっ、なにごともチャレンジよね！」

マッサージ店とホテルの横を小走りで進むと、緑のアーケードが見えてきた。

ここをクロスするようにのびているのが浅草ひさご通りだ。

自販機で体を隠しながら様子を見るが、ハンターはいない。

代わりに目があったのは、駿だった。

「あっ！　かわいこちゃんいたー！　また会ったね！　いやぁ～、これはもう運命かな～」

パッと明るい表情で駿がすぐにかけてくる。

うんうんと大きくうなずくくるくる頭を見て、凛は、ポンッと手をうった。

「ああ、人力車の――あのときはありがとう！」

「イエスッ！　笑顔いただきましたー！」

よくわからないテンションでガッツポーズをした駿は、ウェストポーチから金色のおまもりをとりだして凜に見せてきた。

「俺ね、〈無敵おまもり〉をゲットしたんだ。だから残り時間全部、きみのことは俺が守るよ！　安心してね！」

どん、と大きく胸をたたいて見せた駿は、強くたたきすぎたのか、ゲホッとむせる。

背中をさすってあげながら、凜はニコッと笑顔でいった。

「ありがとう！　でもだいじょうぶ！」

「うんうん、――え？」

まさかの言葉に、駿はぽかんと口を大きくあけてかたまってしまった。

だいじょうぶ、は、うれしいありがとうの意味だろうか。

（うん……？　あれ？『守ってくれなくてもだいじょうぶ』とかそういう意味……？）

ぐるぐると頭のなかでいろんな意味を考えていると、凜は「じゃ！」と片手をあげた。

いまにも走りだしそうな凜に、駿はあわてて〈無敵おまもり〉をさしだした。

「あ、あ、じゃあこれ！　あげるよ！」

「え？　いらないわよ？」

「なんで!?」

ふしぎそうな顔の凛にあっさり拒否されて、駿はものすごくおどろいた。

ちょっと前に、〈無敵おまもり〉をもっていなかった駿は、萌絵からつかえない宣言をされたというのに、凛は〈無敵おまもり〉をほしくないという。

「これ、ぜったい便利なアイテムだよ!?」

目をまるくしている駿に、凛はキラキラとした瞳をむける。

「わかるわかる！　だからこそこういうのは、自分でがんばって手にいれるのがおもしろいのよね！　駿くんも楽しかったでしょー！　ミッションって【逃走中】の醍醐味よね！」

ニコニコと明るく笑う凛は、このゲームを心の底から楽しんでいるらしい。

言葉をうしなってしまった駿にかまわず、リストウォッチに目をやると、

「わっ！　あと3分もない！　じゃあねー！」

凛はあっというまにかけていってしまった。

まるで元気な台風だ。

「自立してる女の子も、また、イイ……」

凛の背中を見おくって、駿はかみしめるようにつぶやいた。


時間は少しさかのぼり。

凛と一緒に逃げていた陽人が、途中でわかれてすぐのこと。

赤いアーケードと瓦屋根の店がならぶ浅草西参道商店街にはいった陽人に、少しおくれて、ハンターも追いかけてきた。

サングラスの下、表情のわからないハンターがすぐそこまでせまっているのを肌で感じる。

「くそっ！」

息をきらしながら、陽人は十字路を右にまがった。

追いかけてきたハンターが同じ道にはいるほんの直前、陽人はつぎの角を右にまがる。

視界から消えた陽人に、ハンターの足がぴたりと止まる。

そのすきに、商店街にもどっていた陽人は、つぎの十字路を左にはいった。

「よしっ、ハンターきてないな！」

ここをつっきれば、浅草花やしきが見えてくるはずだ。

残り時間は22分。

ミッション２の終了時間まであと２分。ぎりぎりだ。

スピードをゆるめずかけぬけると、ちょうど浅草花やしきの入園口に玲がいた。

「玲！」

「陽人！　あと２分だ！」

「わかってる！」

ふたりはそのまま浅草花やしきのなかへと飛びこんだ。

さいわい、専属ハンターの姿も見えない。

浅草花やしき、とかかれた高い鉄柱を背にしてすすめば、円盤形の遊具の奥に、箱がたくさんおかれたステージがあった。

凛が通話で教えてくれたフラワーステージだ。

「あった！　あれだ！」

「ちょっとまって！」

ステージにかけあがった陽人を、玲がきびしい声でよびとめた。

ミッション2の終了時間までは1分と少し。

ふりむいた陽人に玲は早口で告げる。

「郁也くんのあけた箱で、ハンターが追加になっただろ？」

「そういえば――」

この宝箱には、ハンターを追加するリスクがあった。

だけど、せっかくの宝箱を目の前にしてあけられないのはなんだかもったいない気もしてしまう。

たくさんの宝箱を前に葛藤する陽人に、玲は「だから」とつづける。

「宝箱をあけるのはひとつにしよう。僕はハンターがこないか見張ってるから、陽人がどれか選んで」

「え――、玲はそれでいいのか？」

「こういうときは陽人のほうがいいのひけるだろ？　まかせる、野生のストライカー！」

ニカッと笑ってそういわれ、陽人は大きくうなずいた。

サッカーの試合で相手ディフェンダーにかこまれたような窮地でも、陽人の直感はたしかにいつもよくあたり、ピンチをきりぬけられることが多い。

「よしっ！　まかせろ！」

陽人は宝箱をじっと見つめて、赤い布製の箱に手をのばし、

「いや、やっぱこっちかな」

茶色の竹細工の箱を手にとった。

チームカラーでもある赤い色が好きな陽人

にしてはめずらしい選択だ。

選ぼうとしたとき、ふいに、この箱と似た色をしたタヌキのキーホルダーを思いだして、ついこちらを選んでしまったのだ。

(なんか、急にタヌキの顔がチラついた……)

ミッション2の残り時間まであと10秒。

「あけるぞ!」

「うん!」

ギリギリであけた宝箱のなかにはいっていたのは、サングラスマークのついた金色のおまもりと説明書。

「玲!〈無敵おまもり〉だ!」

「さすが陽人!」

そのとき、園内を動いていたパンダの乗り物の奥から、ハンターがやってくるのが見えた。

あっと思った瞬間、ハンターがはじかれたように走りだす。

「陽人、きた！」

「逃げるぞ！」

〈無敵おまもり〉をにぎりしめ、陽人と玲も退園口をめざしてかけだした。

俊足のハンターがすぐうしろにせまってくるのを、ふりかえることもしないでただ走る。

ハンターがのばした手がふたりにふれるほんの寸前、陽人たちは浅草花やしきから飛びだすことに成功した。

同時に、**ピロリロリン**、と、タブレットにミッション２の終了を知らせる通達がとどく。


『ミッション通達より20分経過。宝箱と専属ハンターは消滅した』


浅草花やしきの壁を背にしてひざに手をおき、陽人と玲はハァハァと乱れた呼吸をととのえながら、その通知を確認した。

「やったね、陽人！」

「おうっ！」

拳をつきだしてきた玲に、陽人も拳をこつんとあてる。

少し呼吸を落ちつかせてから、陽人たちはハンターを警戒しながら歩きだした。

浅草花やしきの敷地をぐるりとかこうようにのびる道から、裏道にはいり、浅草ひさご通りをまっすぐ進む。

「そういえば、凛ちゃんはミッションやれたのかな？」

三角屋根のアーケード街を歩いていると、ふいに玲がそんなことをきいてきた。

「逃げてるときに凛ちゃんと会った？」

「あー、うん、まあ」

わかれる直前にかわした会話を思いだして、陽人はもごもごと口ごもる。

それで察したらしい玲が、あきれたような視線をむけた。

「まさか、またよけいなこといったんじゃないよね」

「またってなんだよ、またって！」

「いやぁ、だって陽人、たまに考えなしで発言することあるから……」

思ったことを素直にいえるのは陽人の長所だと玲は思う。

だけど、素直すぎて、ヒヤヒヤしてしまうこともよくあるのだ。

むくれる陽人を、まあまあ、となだめて、玲はどんな話をしたのか聞いてみた。

「たいしたこといってないぞ。ちゃんとあやまったし。そしたら小清水が、たしかに古いマスコットだっていうから――」

よかれと思って、「こんなのすてて、あたらしいやつにしたら」といったのだときいて、玲は特大のため息をついてしまった。

「それ、一番陽人がいっちゃいけないやつだよ……」

「いや、だって小清水も古いっていってたんだぞ!?　本当のことだろ？」

陽人は問題の本質を理解できていないらしい。

玲はうーんとうなり声をあげた。

このままふたりがケンカをしたままなのはイヤだ。

「……陽人って、ペレのこと好きだったよね？」

だから玲は助け船をだすことにした。

サッカーの王様として有名なペレの名前をだすと、陽人はとうぜんとばかりにうなずいた。

「あたりまえだろ。サッカー選手でペレがきらいなやつなんていないって」

「じゃあもし、ペレのワールドカップ優勝のときの代表ユニフォームを陽人がもらってさ、凛ちゃんから『古いんだからすててあたらしいのを買えば？』っていわれたら、すてる？」

玲のたとえ話に、陽人は信じられないとばかりに目を見開いた。

「は!? なにいってんだよ、すてるわけないだろ！ ペレの代表ユニフォームだぞ!? 代わりなんてあるわけな――」

顔色を変えてそういいかけて、陽人はハッと口をつぐんだ。

やっと自分が凛にした失言に気づいたようだ。

「わかった？」

「……わかった。あ～、完全に俺が悪いよな」

ガシガシと頭をかいて、陽人はポケットからこわれたタヌキのマスコットをとりだす。

凛がどうしてあんなに冷たい目をむけたのか、いまならわかる。

凛がたいせつにしていたものを、陽人が勝手にいらないものだときめつけたからだ。

「俺、小清水にちゃんとあやまる」
陽人がそう決心したとき。

ブー！　ブー！　ブー！

タブレットに通知音がとどいた。
あわててリストウォッチを見れば、残り時間は15分。
最後のミッションの通知の時間になっていた。

ゲーム残り時間15分。
賞金額は、現在¥366，000。
逃走者　残り5人。

逃走中参加者名簿

和泉陽人

白井 玲

小清水 凜

佐々木 光太

星川咲良

財前郁也

自首成功

七瀬萌絵

朝比奈 莉々

藤波 駿

青木尚文

08

あらたな敵は通報コダヌキ!?

ミッション3

- 逃走エリアに、通報コダヌキが10匹出現した。
- 通報コダヌキは逃走者を見つけしだい、腹つづみでハンターに居場所を通報する。
- ただし、通報コダヌキは、ワラ笠を被せることで無効化できる。

「通報コダヌキ……？　ワラ笠ってなにかしら……？」

とどいた内容を確認して、凛は顔をあげた。

通報されるミッションは何度か経験しているが、いつもかなりやっかいだ。

「とりあえず、見つからないように気をつければいいのよね！」

だけどあまり考えすぎてもしかたがない。

ハンターにしろ、通報コダヌキにしろ、見つかったらそのときはそのときだ。

もちまえのポジティブさで、凛が歩きだそうとしたそのとき。

ポンポコポンッ

「ん？」

うしろから、小太鼓をたたくような音がする。

音のするほうにふりむくと、「食通街」の道の途中におかれた小さな店の看板の横から、茶色いなにかがのぞいていた。目をこらしてよく見ると、それはころんとしたかわいらしいコダヌキだった。頭に小さな葉っぱをのせている。

「わー！　あのマスコットの子とおんなじ柄！」

目のまわりのこげ茶色のふちどりも、うす茶色のまあるい体も、凛のお気にいりのタヌキのマスコットとよくにている。

思わずかけよった凛に逃げることなく、コダヌキは一生懸命腹をポコポコとたたきつづける。

「やっぱりかわいい……ん？　あ、通報コダヌキってもしかしてこの子!?」

ハッとして顔をあげるが、まだハンターはきていない。

だけど時間の問題だろう。

「わーっ！　まってまって！　もういくから鳴らさないでねー！」

凛はあわてて走りだした。


一方そのころ、新仲見世通りを歩いていた駿は、横道からあらわれたハンターに追われて、一心不乱にかけていた。

「な、なんで、だ……っ！　さっきから、やたらハンターに見つかるぅぅ！」

涙目になって走りながら、十字路をまがり、オレンジ通りにでた。

うしろにはハンターがせまっている。

それからすぐの十字路をまた折れて、見えたわき道にはいりこむ。

駿の姿を見失ったらしいハンターが、隠れた駿に気づかずに目の前の道を進んでいった。

駿は止めていた息をブハッとはいた。

「な、なんだ……？　俺が会いたいのは女の子なのに……っ、ハンターはおよびじゃないのに……っ」

ゼエハァと肩を上下にゆらしながら、額の汗をぐいっとぬぐう。

ミッション３の通知がきてからというもの、ハンターとの遭遇率が急にあがったような気がする。

「ハンターの数がものすごく増えたわけじゃないんだよな……？」

バクバクとうるさい自分の心臓と呼吸の音で、駿はまだ気づいていなかった。

すぐ近くで、**ポンポポンポンッ**と腹をたたいている通報コダヌキがいることに。

ポンポポンポンッ
ポンポポンポンッ
「とにかく、ここから逃げないと――って、うわっ！」

そのとき、離れようとした駿のチェーンが、道路標識のそばの植木にひっかかった。

あわててガチャガチャとひっぱると、はずみでチェーンがきれてしまった。

「うわっ、やっちゃった……！」

頭をかかえる駿のすぐそばで、通報コダヌキが腹をたたきつづけている。

ポンポコポンッ
「ん？　なんか音がする……？」

近くにいたハンターが、鳴りつづける腹つづみで、どんどん駿との距離をつめてくる。

ポンポコポンッ
このままでは通報を聞きつけたハンターが駿のもとへとやってきてしまう。

と、思われたそのとき。

「こっち！」

「わ――」

とつぜんあらわれた咲良に腕をとられて、駿はあわてて走りだした。

なにがなにやらわからないまま、巨大なグローブとボールの立体看板のあるバッティングスタジアムの前までくると、咲良が止まる。

「ハンターに見つかる前でよかったぁ」

ふぅ、と息をついてそういわれて、駿は思わずうしろをふりかえった。

「も、もしかして、さっき、俺の近くにハンターいた？」

「うん。だって駿くん、ずっとすぐそばで通報コダヌキにおなか鳴らされてたんだもの」

「えっ!?　ウソ！」

きょろきょろと見まわす駿に、咲良はぱちくりと目をまたたく。

「もしかして、気づいていなかったの？」

「いや、なんか……そういえば、ポコポコいってるなぁとは思ったけど、俺の心臓の音かなって思ってて……」

どうりで、どこにいてもハンターに追いかけられるはずだ。

しかも女の子に助けられて、その上危険にさらしてしまったなんて恥ずかしい。

けれども咲良は、こらえきれないとばかりにふきだした。

「ふふっ。あんなに近くにいたのに……、ふふふっ、駿くんおもしろい」

クスクスと笑う咲良は本当に楽しそうで、すごくかわいいと思ってしまった。

恥ずかしさが一瞬でふきとんだ駿は、ガシッと咲良の両手をとる。

「助けてくれてありがとう！　きみは俺の女神だよ！」

「え――？」

「お礼がしたいな。なにかほしいものとかある？」

たとえば、いま、駿のクラスで流行っているものといえば、ふわふわのシュシュとか、ポシェットバッグ。咲良の髪には、かわいいバレッタなんかもにあうかもしれない。

いろいろと提案する駿に、咲良はふるふると首を横にふった。

「ありがとう。でも、シュシュは自分でつくれるし、バッグもバレッタも、気にいったものをずっと使っているから必要ないの」

「え、でも、ずっと使ってたなら、あたらしいのもほしくない？」

「んー……、私は必要なときに必要なものがあればいいと思うし、好きなものはできるだけ自分でつくって大事にしたいから、いらないかな」

やわらかい口調だが、断固とした意志を感じる。

これ以上押しつけがましいことをすると、きらわれてしまう予感がする。

駿は残念に思いながらも、咲良の手をはなした。

「そっかぁ……ざんねん。でも、咲良ちゃん、自分でなんでもつくれるってすごいなぁ」

素直な感想を伝えると、咲良がパッと笑顔になった。

「私のおじいちゃんが大工さんでね、おうちの棚とかもつくってくれて、すっごくかっこいいの！　だから、私も自分でなんでもつくれるようになるのが夢なの」

ふふふ、とてれくさそうにほほえまれて、駿の胸がどきんっと高鳴る。

これは通報コダヌキの腹の音ではないはずだ。

ドキドキとうるさく鳴りはじめた胸に手をおいた駿に、咲良が「あっ」と声をあげた。

「そのチェーン、こわれちゃってる！」

「へ――？　あ、ああ、さっき植木にひっかけちゃって。これにつなげてたんだけど」

ポケットから垂れたチェーンをプラプラさせながら、駿はポケットから懐中時計をとりだした。時計の上には、チェーンをかけていたまるい輪がある。

「ちょっとまってね」

そういうと、咲良はさっとしゃがみこんだ。

腕につけていたミサンガをとると、はずれたチェーンと懐中時計を器用にくりつけていく。

「はい。応急処置だけど、これで落としたりしないと思うの」

にこりとほほえむ咲良の手際のよさに、駿は感動してしまった。

「あ、ありがとう！　大切な時計だったから本当にありがとう！」

「ふふ、よかった。この子、すごくステキな懐中時計だものね」

咲良はうれしそうにいいながら懐中時計に目をやって、「あら？」と首をかしげた。

「もしかして止まっちゃってる？」

「ああ、うん。動かなくなっちゃったんだ。近所の時計屋さんに見てもらったことがあるんだけど、これ、海外製のアンティークだからなおすのがむずかしいらしくって」

「えっ、じゃあ――」

咲良の瞳がパッとかがやいたと思ったら、こんどは駿の手がきゅっとにぎられてしまった。

ドキッとした駿に、キラキラとした表情を近づけて、咲良が明るい声になる。

「うちのパパ、時計屋さんだからなおせると思う！　星川時計店っていうんだけど――」

「えっ！　いきなりお父さんにごあいさつしていいの!?」

「へ？」

きょとんと目をまたたく咲良のすぐそばで、ポンポコポンッと音がした。

ふたりはハッとした顔になる。

いつのまにか通報コダヌキが２匹、駿と咲良をとりかこむようにして、ポコポコと腹を打ちながらまわっている。

「きゃっ！」

「うわっ！　このままじゃハンターが……って、きたーっ！」

すぐ近くの洋食店の先、「いっぷく横丁」の奥からハンターがやってくる。

ふたりはあわてて走りだした。

バッティングスタジアムの横を急いで通りぬけ、ホッピー通りにつきあたる。

どちらにいこうか迷ったそのとき、左側を歩いていたべつのハンターに見つかってしまった。

「うわーっ！　こっちにもいたー！」

「つ、つかまっちゃう……っ！」

咲良が泣きそうにくしゃりと顔をゆがめる。

それを見て、駿は逃げかけた足にグッと力をいれて立ちどまった。

（そ、そうだ、俺には女の子を助けるアイテムがある……！）

ウエストポーチから〈無敵おまもり〉をとりだすと、駿は猛スピードでかけてくるハンターにむかいあった。

「咲良ちゃん、あっち！　先にいって！」

「え――、駿くんは――」

「だいじょうぶ！　あのハンターを止めたら俺もすぐに追いかけるから！」

うしろからも通報コダヌキの通報を受けたハンターがせまっているから時間はない。

「がんばって逃げて！」

背中をおしてそういうと、とまどいながらも咲良は小さくうなずいた。

ふたりを追うハンターの足音が、どんどんこちらに近づいている。

「駿くんも気をつけてね！」

「愛ある応援で百万力さぁっ！」

すぐ近くの喫茶店をまがった咲良が見えなくなったのと、ハンターが駿に手をのばしたのはほとんど同時だった。

「こここここいっ！　ストーップ！」

ハンターの手がふれる寸前、駿はハンターに〈無敵おまもり〉をつきつける。

と、ハンターが手をのばしたままの形で動きを止めた。

「――ほ……、本当に止まってる……」

無表情のまま、長い腕をのばしたハンターは、それでもすぐに動きだしそうな迫力があった。あまり近くにいたくない。

「30秒しかもたないんだったよな……俺も早く逃げないと――」

そろりそろりと、動かないハンターの横をすりぬけた駿の耳に、**ポンポコポンッ**という軽快な音が聞こえてきた。

「――へ？」

電柱に隠しきれない腹をのぞかせた通報コダヌキが、はげしく腹を鳴らしている。

「おおおおいっ！　待て！　待った！　待って！」

せっかく1体のハンターから逃れられたのに、通報されたらまたきてしまう。

だが、あわあわと両手をふって腹つづみを止めさせようとする駿のねがいを、通報コダヌキが聞いてくれるわけもない。

音を聞きつけたハンターのやってくる規則正しい足音が聞こえてくる。

「まずい、まずい、まずいぞ……っ！」

〈無敵おまもり〉はもう使えない。

あわててかけだした駿は、公園通りをひた走る。

そんな駿の目の前に、たぬき通りと交差する道からハンターが姿をあらわした。

「そ、そんなぁぁっ！」

漫画やアニメの出会いがしらの運命的な衝突のように、駿の体は両手をひろげたハンターにすっぽりと包まれてしまったのだった。


ピロリロリン♪

『藤波駿、公園通り付近で確保。残り4人』


ゲーム残り時間10分。

賞金額は、現在￥426，000。

逃走者　残り4人。

逃走中参加者名簿

和泉陽人

白井 玲

小清水 凛

佐々木 光太

星川咲良

財前郁也

七瀬萌絵

朝比奈 莉々

藤波 駿

青木尚文

09

めざせ、ワラ笠大作戦！

時間は少しだけさかのぼり。

最後のミッションの通知を確認して顔をあげた陽人は、ちょうちんがたくさんぶらさがった店先に、小さなタヌキがいるのに気づいた。

「玲、あれ――」

「通報コダヌキだ！」

玲がいいおわる前に、通報コダヌキが一心に腹をたたきはじめる。

ポンポコポンッ、ポンポコポンッ。

アーケードの商店街に、腹つづみの音が響きわたる。

陽人と玲はあわてて前後を見まわした。

「きた！」

「早いな!?」

十字にわかれた道のつきあたりから、ハンターが1体あらわれる。

陽人たちに気づいた瞬間、ハンターは前傾姿勢で走りだした。

ふたりはわき目もふらずにダッシュして、居酒屋の横を右にまがる。

できるだけハンターの視界から逃れるようにとねがいながら、見えてきた道をかたっぱしからまがって走る。

「きてるか……?」

「だ、だいじょうぶみたい……、って陽人! そこ! 通報コダヌキだ!」

「まずい! こっちにもいた!」

せっかくハンターをふりきれても、通報コダヌキに見つかってしまえばだいなしだ。

ポンポコポンッ、と軽快に鳴る音を聞きながら、陽人たちはまた逃げる。

現在、逃走エリアにいるハンターは全部で5体、通報コダヌキは10匹。

通報コダヌキの腹つづみで、ハンターはどんどんあつまってきてしまう。

これでは15体のハンターから逃げているのとほとんどかわらない。

「なぁ、玲！　やっぱり通報コダヌキは無効化したほうがよくないか!?」

「だね。ワラ笠を見つけたら、通報コダヌキにかぶせよう！」

走りながらいった陽人に、玲も息をきらしながら同意した。


駿の確保通知が全員のタブレットにとどいたころ、咲良は奥山おまいりまちから、横道を何度かまがり、ほそい通路をかけていた。

「私をかばったせいよね……」

通知の内容を読んで、タブレットをぎゅっと胸にだきしめる。

最初に通報コダヌキにつきまとわれている駿を助けたのは咲良だが、これであおいこだとは思えない。

残り時間はあと10分。

賞金額は４２６，０００円。

「これだけあれば――」

リストウォッチにしめされた金額を見て、咲良は駿のことを考えた。

海外製のアンティーク懐中時計をなおしたいといっていた。

「逃走を成功させて、パパに修理のおねがいをして……」

革細工の材料を買うお金は、いままでどおりこつこつ貯めていけばいい。

そう考えながら顔をあげて、ふと、道のはしに透明のガラスケースがおかれていることに気がついた。

「これなにかしら……？」

近づいてみると、なかにまるい形で真ん中がとがった笠がはいっている。

「これって、もしかして、ワラ笠……？」

もう一度タブレットをタップして、咲良はミッション3の内容を読みかえした。

ワラ笠を被せることで通報コダヌキが無効化できると書かれている。

そのとき、すぐ近くからガサッと音がした。

ふりむいた咲良は、でてきた通報コダヌキと目があってしまった。

「きゃっ！」

そのとたん、**ポンポ〜ポンッ**と腹をたたかれて、咲良はあわてて逃げようとした。

けれどもハッとして立ちどまる。

いそいでもどると、ワラ笠をとり、通報コダヌキの頭に被せる。

「こ、これでどうかしら！」

と、通報コダヌキは腹つづみをやめて、その場にちょこんとおすわりをした。

くぁっと大きくあくびをして、眠たそうに目をこする。それからむにゃむにゃと口をうごかした通報コダヌキは、その場ですやすやと眠ってしまった。

同時に、ピロリロリン、とタブレットから音がして『**星川咲良により、通報コダヌキ1匹の無効化に成功。残り9匹**』の通知がとどく。

「お、音も止まった〜……」

ホッとして、咲良はへたりこみそうになった。

けれどもジッとしてはいられない。

いまの腹つづみの音で通報されたハンターが近くにきているかもしれないし、それでなくともハンターは逃走エリアに5体もいるのだ。

いつどこからあらわれるかなんてわからない。

赤い壁ぞいの道を小走りでいきながら、咲良はぶるりと身ぶるいをした。

「このまま本当に逃げきれるかしら……」

残り時間はあと8分。

賞金額は450,000円。

だが、もしもハンターに捕まれば、賞金額はゼロになってしまう。

「……いまいるのがここだから……」

マップで現在地を確認しながら歩いていると、また透明ケースを見つけた。

「ね、ねんのため……」

ワラ笠を確保しつつ赤いアーケードのなかにはいる。

浅草西参道商店街のなかに、自首用電話があるはずだ。

「でも、もう少し通報コダヌキさんを見つけて無効化したほうがいいのかしら……」

そう思いながら先に進むと、ちょうどまんなかあたりの十字路のすみに、電話のおかれた台を見つけた。けれどもその台の下に、通報コダヌキも2匹いる。

「ひゃっ！」

咲良がおどろくと同時に、2匹の通報コダヌキは、これでもかというくらい一心不乱に腹を**ポンポコポンッ**とたたきだした。

このままでは、ここにもハンターがすぐにきてしまう――

「に、逃げないと――」

顔をあげた咲良の目に、商店街の奥から黒いスーツのハンターが走りこんでくるのが見えた。

「ハンター!?」

あわてて反対側をふりむけば、そちらからもべつのハンターがちょうどまがってきたところだった。

「は、はさまれちゃった！」

十字路に飛びこんで逃げたところで、咲良の足ではきっと追いつかれてしまうだろう。

こうなったらハンターに捕まる前に、自首用電話の受話器をあげる！

「よおしっ」

咲良は意を決して電話台にかけよった。

ハンターたちの手は、もうあと数歩で咲良にとどいてしまう距離だ。

すぐに受話器をあげようとして、咲良はワラ笠をもったままだったことに気づいた。

「せめて、この子だけでも――」

心臓がバクバクとうるさく鳴っている。

同じくらい大きな音で、ポンポン、ポンポンと鳴らしつづける通報コダヌキの1匹にいきおいよくワラ笠をかぶせて、受話器をあげて。


ピロリロリン♪

『星川咲良により、通報コダヌキ1匹の無効化に成功。残り8匹』

ピロリロリン♪

『星川咲良、自首成功。残り３人』

咲良の自首と、通報コダヌキが無効化されたという通知は、残った陽人たちのタブレットにもとどいていた。

「星川ってやつ、すごいな!?」

「本当だね。僕たちも負けてられないや！」

通報コダヌキは２匹無効化され、残り８匹。ハンターは５体。

残り時間はあと７分で、賞金額は４６２，０００円になっている。

「あった！　あれじゃないか!?」

浅草ひさご通りにでた陽人は、「江戸下町伝統工芸館」の前におかれた透明ケースを見つけた。

中からワラ笠をとりだして、ざっとあたりに視線をくばる。

ハンターも通報コダヌキの姿もない。

伝統工芸館のすぐそばにある横道をのぞいた玲が、「あっ」と声をあげた。

「こっちにもあったよ！」

「おお！　やったな！」

あとは通報コダヌキに被せればいい。

ピロリロリン♪

と、タブレットに通知がとどいた。

ポップアップをタップすれば、『**小清水凛により、通報コダヌキ1匹の無効化に成功。**

残り7匹』と表示がでている。

「さすが凛ちゃん」

「俺たちも負けてられないな！」

そういって走りだそうとした陽人の耳に、**ポンポノポンッ**という軽快な音が聞こえてきた。

「陽人、そこ！　通報コダヌキだ！」

「まかせろ！」

店の前に停められた白いバンの陰に隠れるようにして、通報コダヌキが腹つづみを打っている。陽人はためらいもせずに近よって、もっていたワラ笠をズボッと被せてやった。

通報コダヌキがしゃがみこんでおとなしくなる。

すやすやと寝息をたてはじめた通報コダヌキの様子に、陽人と玲は片手をパチンとあわせた。

「やったね！」

「おう！」

ピロリロリン、と通知もとどき、よろこんだのもつかのま。

なぜか、**ポンポコポンッ**という音が消えていないことに、陽人たちはまゆをよせて顔を見あわせ、

「――あっ！　そっちにもいるぞ！」

「うわっ、さっきいなかったよね!?」

いったいどこからやってきたのか、もときた道の十字路から、通報コダヌキがのぞいている。

玲が急いでワラ笠をかぶせると、ようやく音は聞こえなくなった。

ホッと息をついたそのときだ。

「うしろーっ！　ハンターきてるーっ！」

とつぜん大きな声でそういわれ、陽人と玲はおどろいて顔をあげた。

「は!?」

「うわっ！」

ふりかえれば、いつのまにかハンターがいた。

わき目もふらずに、陽人たちへと一直線にむかってきている。

指先までピンとのばし、長い手足を風をきるように動かして走るハンターは、あっというまにふたりとの距離をつめてくる。

「じつは私もうしろにハンターきてるから、逃げてー！」

そういって、横道から飛びだしてきたのは凛だった。

「はぁぁぁっ!?」

「さ、さすが凛ちゃんーっ!」

「逃げろぉおっ!!」

十字路を左にまがり、わき道を右へ。

ひたすら目の前の道をつっきって、陽人たちはハンターの追跡から一心不乱に逃げだした。

ゲーム残り時間6分。

賞金額は、現在¥474,000。

逃走者　残り3人。

逃走中参加者名簿

和泉陽人

白井 玲

小清水 凛

佐々木 光太

星川咲良

財前郁也

七瀬萌絵

朝比奈 莉々

藤波 駿

確保

青木尚文

ゲーム残り時間 6:00

賞金額 ¥474,000

10 大切なことに気づくとき

必死で走る陽人たち3人のうしろには、ハンターが2体せまっている。

「くそっ！　ひとまずあのハンターをふりきらないとダメだよな……！」

「うん！　できるだけこまめに横道にはいって、ハンターの視界から逃れたいっ！」

「オッケー！　なんだか危機一髪って感じでワクワクしてくるわね！」

「しねーよ！」

「しないよ!?」

全速力で走りながら、陽人と玲の声がかぶる。

本当に危機一髪のこの状況で、ワクワクできるのは凛くらいのものだろう。

玲の指示通り、右に左にまがりながらがむしゃらにかけぬけた3人が、ようやくハンターの追跡をふりきったのは、残り時間が5分にせまったころだった。

「な、なんとか、なった、ね……っ」

建物の壁に背中をあずけ、肩で息をする玲はとてもつらそうだ。

体力自慢のはずの凛も、ひざに手をついている。

1分と少しとはいえ、さすがに全速力で走りっぱなしだったのだ。

陽人もさすがに息が苦しい。

もしいまハンターに見つかったら逃げられる自信はない。

「し、試合にフル出場したって、こんなにずっとは走らないもんな……っ」

息のあがった声でいいながら、陽人はふと、ウエストポーチにいれたままの体力回復アイテムの存在を思いだした。

「――雷おこしだ！」

「「ああ！」」

陽人がいうと、玲と凛も顔をハッとしたように顔をあげた。

体力を使いすぎてふるえる手でポーチをあけて、雷おこしをかみくだく。

飲みこんだとたん、つかれがあっというまにふっ飛んで、足にも力がもどってきた。

「よしっ。これならラストまで逃げきれそうだな！」

「まあ、ハンターに見つからないにこしたことはないけどね」

「そうだけどさ」

苦笑する玲に、へへ、と笑って、陽人はリストウォッチを見た。

残り時間は5分。

賞金額は、¥486，000。

「通報コダヌキは全部無効化したほうがいいよな」

きょろりとあたりを見まわしてみるが、あたらしいワラ笠は近くにないようだ。

「いや——」

体力を回復させた玲は胸に手をあて、ふぅ、と呼吸をたしかめるようにはいてから、真剣な表情をふたりに見せた。

「通報コダヌキはあと6匹。半分くらいにまでは減らせたし、こっちはいったん保留でいいと思う」

「えっ、いいのか？」

「あれけっこう厄介じゃない？」

玲の判断に、凛もおどろいたような顔をむける。

さっきまでさんざんハンターに追いかけられたのは、通報コダヌキの通報のせいでもあったというのに、無効化しなくて本当にだいじょうぶなんだろうか。

けれど玲は、ピッと人さし指を立てて、陽人と凛を交互に見た。

「うん。ちょっと考えてみて。いまこの逃走エリアにハンターは5体もいる。通報コダヌキを無効化させるワラ笠をさがして、通報コダヌキもさがして、さらにハンター5体にも見つからないように気を配るなんて同時にやってたら、ぜったいどこかでミスがでるよ」

「た、たしかに……」

「いわれてみれば……」

そちらにばかり気をとられてハンターに気づくのがおくれたら、それこそ本末転倒だ。

「だから、僕たちの優先事項は、ハンターから逃げきること！」

もしワラ笠を見つけられて、近くの通報コダヌキにかぶせるよゆうがあったら無効化しよう、と作戦をたてた玲に、陽人と凛は大きくうなずいた。

「オッケー！　了解した！」

「さすが玲ね！」

冷静で頭のきれる玲の立てた作戦は完璧だ。

目先の通報コダヌキに必死になっていた陽人は、一気に視界が開けた気がする。

「よしっ！　その作戦で、逃走成功させような！」

「うん！」

「もちろん！」

3人の目標がひとつになったその瞬間——

ポンポンポンッ
聞きなれたイヤな音が聞こえてきて、3人は同時にふりむいた。

通報コダヌキがこちらを見て、腹をポコポコたたいている。

「逃げよう！」

このままでは、すぐにハンターがきてしまう。

ぐずぐずしている時間はない。

玲の言葉にうなずいた凛が、あ、と声をあげた。

「かたまって逃げるより、バラバラに逃げたほうがいいわよね！　私、こっちの道にいくわね――」

「あ、小清水！」

いまにもかけだしてしまいそうな凛を、陽人が思わずひきとめる。

びっくりしている凛に、いつになく真剣な顔をむけ、

「もとの世界にもどったら、俺、ちゃんと伝えたいことがある！」

それだけを宣言した陽人に、凛はぱちぱちと目をまたたいた。

「え？　あ、うん……？　了解？」

首をかしげながらそういって、凛は「じゃあね」と走りだした。

ポンポポンポンッ
ポンポポンポンッ
通報コダヌキの腹つづみは鳴りつづけている。

「――まずい！　俺たちも移動しようぜ！」

陽人はそういってかけだした。

「あ、う、うん！」

玲もあわててふたりとはべつの方向へと進みながら、陽人の背中をちらりとふりかえる。

（びっくりした――……いきなり凛ちゃんに告白するのかと思ったよ……）

あっというまに見えなくなった陽人に、玲はつい、そんなことを思ってしまったのだった。

ふたりとわかれた玲は、6階建てのビルやホテルのあいだのほそい道を警戒しながら歩いていた。タブレットのマップを開くと、この先にあるのは国際通りだ。

残り時間はあと4分。

「このままいったら、初の3人同時の逃走成功……」

高まる期待でうわついてしまいそうになるのをおしとどめつつ、玲は慎重に足を進める。

「そういえば陽人と凛ちゃんって、まだちゃんと仲直りはできてないのかな」

さっきのふたりはいつもどおりだった気もするが、あやまる時間はなかったはずだ。

「じゃあ、さっきの『伝えたいこと』っていうのは、やっぱりそっちのことかな」

少し緊張したように見えたのも、それなら気もちはなんとなくわかる。

陽人がすなおにあやまったら、きっと凛はゆるしてくれるはずだとも思う。

「陽人、がんばれ――……」

思わず玲がそうつぶやいたときだった。

ポンポコポンッと不穏な音が、どこからともなく聞こえてきた。

「――うわっ！　通報コダヌキ！」

あたりを見まわせば、ワラ笠のはいった透明ケースが近くにある。

いそいでとりだしてかまえてみたが、肝心の通報コダヌキが見あたらない。

「これじゃあ宝のもちぐされだな！」

住宅街にうまくまぎれているらしい通報コダヌキをさがすのはあきらめた。

走って走って、国際通りにでた玲は、ならぶ店先に身をよせるようにして小走りで進む。

一方凛は、ホッピー通りを軽快に走りぬけて、伝法院通りに到着していた。

わかれぎわ、陽人にいわれたことを思いだして、あらためて、はて、と首をかしげる。

伝えたいこととは、いったいなんの話だろう？

「陽人ってば、授業中よりもまじめな顔してたのよねー」

あんなに真剣な顔は、サッカーの試合でしか見たことがない。

うーん、となってまゆをよせて、凛はあっさりと考えるのをやめにした。

もどったら話す、といわれたのだから、もどったときに聞けばいい。

だいたい、もどったら伝えたいことがあるのは凛も一緒だ。

（あのマスコットを古いから買い換えられるってきめつけられたのはさすがに腹がたっちゃったけど、私もちょっといいすぎたし）

陽人に悪気がないのもわかっている。

今回は凛にとって、陽人の言葉選びが悪かっただけなのだ。

「私もおとなげなかったわよね。うん！　そこはちゃんとあとであやまる！　でもいまは逃走に集中しないとよね！」

パシン、と両手で気合いをいれるようにほおをたたいて、前をむいた。

と、そのとき、仲見世通りからやってきたハンターが、凛を偶然視界にとらえた。

「えっ、うそ！」

タッタッタッタ、とかけてくる足音に気づいた凛も、あわてて背をむけて走りだす。

「あと4……いや、たったの3分なのにーっ！」

通報コダヌキの腹つづみは聞こえないから、純粋にハンターに見つかったのだろう。

やはり玲のいうとおり、すべての通報コダヌキの無効化をめざさなくて正解だった。

「通報されていなくても！　ハンターは！　追いかけて、くるーっ！」

ハンターの視界にはいってしまったのが運のつき。

凛は浅草公会堂の裏をつっきり、店頭に演歌歌手のポスターがたくさんはられたレコード店を横手に走る。

そのとき、正面からもう1体、べつのハンターがやってきた。

「うそーっ」

ハンターは狙いすまして走りだす。

前に1体、うしろに1体。

あわてて右にかじをきり、凛は新仲見世通りのアーケードにかけこんだ。

オレンジ通りもつきぬけてひたすらに走る凛の前方に、ヌッと人影があらわれる。

「きゃっ――」

またあらたなハンターか!?

それなら絶体絶命だ。

けれども凛の前にあらわれたのは、陽人だった。

まだ少し凛と距離のある陽人は気づいていない。

「陽人ーっ!」

だから凛は大きな声で名前を呼んだ。さらにさけぶ。

「逃げてーっ!」

凛のすぐうしろには1体、少し離れてもう1体のハンターがいる。

一瞬ぎょっとした顔をした陽人は、なぜか凛のほうへとかけだしてきた。

「ちがうっ！　陽人！　逆ーッ！」

「いいから、そのままこっちに走れ！」

わけもわからず、だが、止まることもできない凛は、足がもつれそうになりながらもまっすぐ走る。

凛が陽人のそばに到着したそのとき、

「これでどうだ！」

陽人が〈無敵おまもり〉をハンターにむけた。

目と鼻の先にせまったハンターの指が、髪の毛1本のすきまをのこしてピタリと止まる。

「わ、すごい——……」

「逃げるぞ、小清水！」

すぐに陽人はそういって、凛の手をひき走りだした。

まだハンターは1体追ってきているのだ。

ひっぱられるまま凛は陽人と一緒に走って、ふたりは食通街にでた。

「ハンター、きてるか!?」

「だ、だいじょうぶ、みたい……っ」

ここにはいるまで何度も横道をまがったおかげで、ハンターの視界からうまく逃げられたようだ。

「なんであんなにハンターひきつけてたんだよ。天才か」

ハァハァと息をつきながら、陽人が苦しそうにいった。

「私の魅力がひきつけちゃったのかしら……」

「……おまえなぁ……」

うーん、と真剣な顔であごに手をおきうなる凛は、どこまで本気なのかわからない。

あきれたように口を開いた陽人は、居酒屋のあいだにある横道で、なにかが動く気配に気づいて視線をむけた。

ポンポコポンッ
——あの音だ。

凛もしまったという顔になる。

赤いベンチの上にちょこんと立った通報コダヌキが、一生懸命腹をたたいている。

「ハンターがくるまえに逃げるぞ！」

残り時間は、あと2分――


リストウォッチにしめされた残り時間が2分をきったちょうどそのころ。

通報コダヌキをふりきった玲は、六区ブロードウェイ通りを歩いていた。

「あと少しだ――」

見通しのいい六区ブロードウェイ通りのなかに、ハンターはない。

東洋館や「奥山大木戸」とかかれた赤い門の奥山おまいりまちにわかれた三叉路にもいなかった。

「このあたりにハンターがいないってなると、どこかにかたよってる可能性もあるか……」

ここからは、より慎重に進んだほうがいいかもしれない。

制限時間は刻一刻とみじかくなって、残っているのは玲と陽人、そして凛の３人だ。

全員で一緒に逃走成功できる可能性は高い。

「あんまり移動しないほうがいいかな」

道のはしに移動して、残り時間を確認しようとリストウォッチに目を落とす。

そのとき、少し先のコンビニの横から、ハンターが1体あらわれた。

玲の反応が一瞬おくれる。

ハンターはその一瞬を逃さずに、ものすごい速さで走りだした。

「そっ、そこから!?」

あっというまに玲との距離がなくなってしまう。

一生懸命手足をふって、これでもかと歯を食いしばった玲の肩に、ハンターの長い手がのばされて――


ピロリロリン♪

『白井玲、六区ブロードウェイ通りで確保。残り2人』


その通知を、陽人たちはすしや通りをぬけたハンバーガーショップの前で受けていた。

「玲が捕まった！」

六区ブロードウェイ通りは、この道をまっすぐ進んだ先にある。

玲を捕まえたハンターがこちらにむかっているかもしれない。

だがもどるとなると、ほんの少し前に通報コダヌキが腹つづみをうっていたので危険すぎる。

「3人での逃走成功はまた次回のお楽しみね！」

「だな！」

だから陽人たちは、国際通りをめざすことにした。

残り時間は、あと1分。

賞金額は534，000円。

雷門側にハンターが2体いるとして、玲を捕まえたハンターが1体、残りの2体はどこにいるのか見当もつかない。

「――陽人！」

「うおっ！」

そう思ったところで、凛に思いきりうしろにひかれた。

「ハンターがいる！」

「！」

小声でささやかれて、とっさにラーメン屋の壁にはりつく。

ゆっくり頭をのぞかせると、黒いスーツをきたハンターの背中が見えた。

ハンターは左右に頭をふって逃走者たちをさがしながら、つぎの角を右にまがっていく。

「サンキュー、小清水。助かった！」

「どういたしまして！　あと40秒くらいよね。うーん、がぜんいけそうな気がしてきた！」

だが油断は大敵だ。

ヒソヒソとそんな会話をかわしながらハンターの行方を追っていると、ハンターが右にまがったのといれ替わりに、もう1体べつのハンターが同じ道を左にまがってやってきた。

「は!?」

ハンターのサングラスに、頭だけのぞかせていた陽人たちの顔がうつる。

「ウソでしょ!?」

「――走れ！　走れ！　走れーっ！」

陽人と凛ははじかれたように走りだした。

信じられないバッドタイミング。

だが、これはたしかに現実だ。

全速力でがむしゃらに逃げる先にあるまがりかどを、これでもかとまがりながら、とにかく走る。

だが、ハンターとの距離が近すぎて、身を隠すことも視界から逃れることもできそうにない。

「くそっ！」

残り時間は20秒。

タイムリミットはすぐそこにある。

「あとちょっとーっ！」


18秒。


つぎの角をまがって少しでも時間をかせぐことができれば、このまま逃走成功だ。

そのとき、一生懸命走っていた陽人のポケットから、なにかがスルッと地面に落ちた。

チリン、という音がして、陽人は思わずふりかえる。

こわれたタヌキのマスコットが、ころんと、地面に落ちていた。

「陽人!?」

「先にいけ！」

おどろいて声をあげた凛にそういうやいなや、陽人はマスコットをひろいにもどる。

あと15秒。

ひったくるようにひろってすぐ、陽人は返す動きで地面をけった。

けれどハンターは容赦しない。

走る陽人のうしろから、ハンターは猛スピードでせまってくる。

ふたりの距離がどんどん、どんどんせまくなって。

「くっ、そ――っ！」

残り10秒とせまったそのとき、陽人の背中にハンターの手がしっかりとかかった。

ピロリロリン♪

『和泉陽人、たぬき通りで確保。残り1人』

残り8秒。

陽人確保の瞬間に急いでかけだした凛の背にも、すかさずターゲットをきりかえたハンターがせまってくる。

「ちょっと、これ、は——」

あと5秒。

呼吸をまったく乱しもせずに、ぐんぐんとせまるハンターとはうらはらに、凛の息はあがってきた。

足がもつれそうになる。

4、3、2――

「わっ、とと――」

思わずつんのめりそうになってしまった凛の腕に、無情にもハンターの手がのびて――

ピロリロリン♪

『小清水凛、オレンジ通りで確保』

『ゲーム終了。逃走成功者0人。自首成功者2人』

逃走中参加者名簿
×
確保
和泉陽人
×
確保
白井 玲
×
確保
小清水 凛
×
確保
佐々木 光太
○
¥234,000
自首成功
星川咲良
×
確保
財前郁也
○
¥462,000
自首成功
七瀬萌絵
×
確保
朝比奈 莉々
×
確保
藤波 駿
×
確保
青木尚文
逃走成功者
0名
賞金額
¥---,---

11 あらたな目標

うす暗い研究室のなかで、月村サトシは今回の逃走者たちの逃走のハイライトが映しだされたモニターをじっと見つめていた。

その表情に、特に変わった様子は見られない。

だが、陽人、玲、凛の3人が逃げる画面にきりかわったとき、月村の瞳がほんのわずかにぴくりと動いた。

（そろそろ彼らのなかから、自首を優先する子どもがでてくるころかとふんでいたが、そんなこともなかったか……）

月村は指先を唇に当てて、なにやら考えこむようにまぶたを閉じる。

（複数回参加することで、ハンターに対する緊張感の低下や、モチベーションの低下による動きの変化があるかとも思っていたが、彼らにその傾向は見られない）

以前、凛が逃走に成功したときに「楽しくておもしろい」から、3人での【逃走中】をつづけたいと話していたことを思いだす。

だがそれはあくまで凛個人の感想で、陽人や玲の考えとはべつ問題だと月村は思う。

それならば、なぜ、3人が3人とも、最後まであきらめないでいられるのか。

(もしや、経験値の積みかさねで、逃走に有利な法則性でも見つけたか……?)

月村は考えこむように、ふとあごの下に指をあてた。

ハンターにプログラミングしているのは、逃走者を見失うまで追いかける、ということの一点だけだ。だが、逃走者の視点で気づくなにかがあった可能性もある。

だとしたら、【逃走中】には、まだまだ改善の余地がある、ということにもなる。

(いや、もしかすると……)

月村はしずかに目をふせる。

それからすぐに、なにかを思いついたかのように、パネルを操作しはじめた。

とつぜん動きだした月村を怪しむように、部下が声をかけてくる。

「なにかおもしろいことでもありましたか?」

「いいや」

きっぱりとそういった月村は、ちらりと視線をむけることもない。

そんな月村の背中を見つめていた部下は、ものいいたげな顔でひきさがった。

カタカタと操作パネルの上で、すばやく指をすべらせる月村の口もとは、ほんのわずかにあがっているようにも見えた。

12 気もちはつづくよ、どこまでも

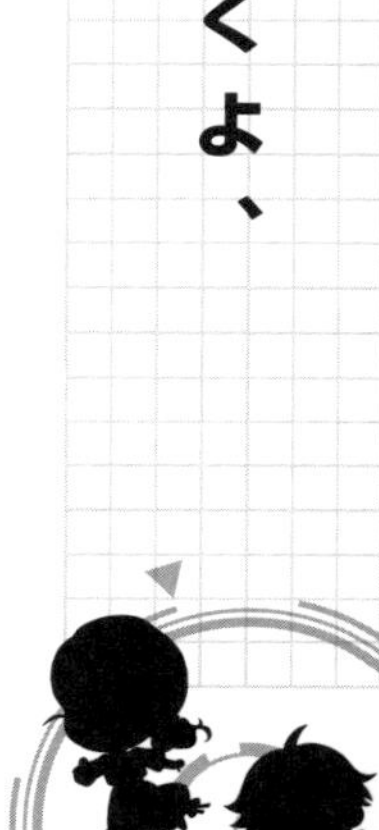

「わー！　これカワイー！」

はやりのファッションがたくさんならんだショップで、萌絵がはしゃいだ声をあげる。

ブラウスやスカートの色や形は、去年はやっていたものとはぜんぜんちがうものばかり。

（やーっぱ、あたらしいもの、つぎからつぎにでてくるし～）

いまの自分の服装が、すごく時代おくれでダサく思えてきてしまう。

つぎつぎと変わる流行に、萌絵はいつも乗っていたい。

雑誌にのっていたデザインのスカートを見つけて、萌絵がかけよったとき、

「あら、こういう形のスカート、お母さんが学生のころにもはやってたわ～」

一緒に買い物にきていたお母さんが、なつかしそうにそういった。

「えっ!?　そうなの!?」

「いい生地のものだったから、とってあったのよ。いつか萌絵が着られるかもって思ってね。見てみる？」

「うっそ！　ほしぃ〜！」

「いいわよ。流行はめぐるって、いまはいているスカートも、シャツも、いつかまた最先端のオシャレに返り咲くときがくるのかもしれない。

そう考えたら、いまもっている服たちをもっと大切にしようかなと萌絵は思った。

星川時計店、と書かれた店の前で、駿は大きく息を吸いこんだ。

右手を胸にあてると、ドキドキと心臓がさわいでいるのが伝わってくる。

「落ちつけー、落ちつけー、今日の俺はただのお客さんなわけでー……」

ぶつぶつと口のなかでつぶやきつづける駿の左手には、赤いバラの花束があった。

ポケットのなかには、チェーンとミサンガにつながれた動かない懐中時計がはいっている。

駿は両親にたのみこんで、こんどの冬休みに毎日家の玄関掃除と風呂掃除をすることを条件に、お小遣いの前借りに成功した。

そのお金の使い道はたったひとつ。こわれた懐中時計を修理にだすこと。

高鳴る心臓を服の上からドンドン、とたたいて、駿は意を決して顔をあげた。

カランカランカラン――

同時に店のドアが開いて、駿は思わず息をのむ。

でてきた咲良も目をまるくして駿を見て、それから「あっ」と声をあげる。

「駿くん？」

「あ、あの、俺っ、お父さんに――、いや、ええと、その、時計の修理をですね～……っ」

とつぜんの再会に、しどろもどろになってしまった駿へ、

「いらっしゃいませ！」

咲良がふわりと笑顔を見せた。


「――悪かった！」

仮想・浅草での【逃走中】から数日後。

凛にむかって九十度に腰をおりまげ謝罪する陽人の手には、タヌキのマスコットがあった。チェーンについていた鈴は、接着剤で無理矢理とめられているし、とれかけていた腕は、ものすごくぶかっこうに縫いあわされている。

縫い目はまるでそろっていないし、腕の長さもあっていない。

鈴はつぶれてしまっているので、チリンチリンではなくて、カラカラと鳴る。

「……これって、もしかして陽人が縫ったの？」

「まあ……うん。ヘタクソだけどな」

「うん。ゾンビかなにかみたいになっちゃってるわよね」

「そこまでじゃないだろ!?」

思わず顔をあげた陽人に、凛は「じょーだん、じょーだん」といってカラカラと笑った。

その様子になんだかものすごくホッとして、陽人の顔にも笑みがうかぶ。

「ありがとう、陽人」

タヌキのマスコットを手のひらにのせて、見つめている凛はうれしそうだ。

なんだかてれくさくなって頭をかいていた陽人の肩を、玲が、とん、と軽くたたく。

やったね、といわんばかりの表情だ。

むずむずとしてきた気もちをごまかすように、陽人は凜に顔をむけた。

「でもよくそんな昔にあげたやつ、もってたよな！」

「へ？」

「わ、バカ、陽人――！」

そのとたん、ぐいっと強い力で肩を組まれて、陽人はうしろにひっぱられた。

「うわっ！　なんだ!?」

ころびそうになってあわてる陽人に、玲は怖い顔をむけてくる。

「なんでそういうこと聞くかな！　考えたらわかるじゃないか」

凜に聞こえないように小声でヒソヒソと怒ってくる玲に、陽人の頭にハテナがうかぶ。

ずいぶんと古いマスコットを、凜が大切にしていた理由？

「……つまり、自分に似てる顔のタヌキだから気にいってたってことか？」

「そうじゃなくて！　凜ちゃんは陽人がくれたものだから大切にしてたんじゃないかって

こと！　つまり、凛ちゃんは陽人のことをさ――」

つづく言葉の意味は、さすがの陽人にでもわかってしまった。

頭のてっぺんから火がふきだしそうに熱くなる。

「え？　は⁉　いや、まさかそんなこと――」

あるわけないだろ、と陽人が絶叫にちかい声でさけびそうになったそのとき。

「え？　これって陽人がくれたやつだっけ？」

「え？」

「は？」

きょとんとした顔をした凛の言葉に、陽人と玲の口から同時に声がもれた。

ふたりの様子に、「どうしたの？」とふしぎそうな顔をむけた凛は、手のひらにのせたタヌキのおなか部分をふたりに見せる。

きらりと光る赤い石が、ヘソの部分についている。

「ここに石がついているでしょ。これ、私の誕生石と同じ色なのよ。従姉のお姉ちゃんに教えてもらってから、なんだか特別な気がして大切にしてたの。あっ、それに、大好きなアニメにでてくるキャラクターにも似ててね！　だからすっごく気にいってるのよねー！」

どこがどうかわいいのかをこまかく説明する凛は、本当にうれしそうだった。

タヌキ自体をものすごく気にいっているのだということがわかる。

にこにこと笑顔で説明しつづける凛を前に、陽人は玲を肘でついた。

「ほらな。そんなことあるわけないだろ。小清水だぞ」

「あれ〜……？」

「なんか、ムダに頭使わされてつかれた……」

「ご、ごめん、陽人」

ヒソヒソと会話をつづけていたふたりに気づいた凛が、はて、と首をかしげる。

「ん？　なんの話？」

「「なんでもない！」」

とっさに、ピン、と気をつけの姿勢でこたえたふたりの声がかさなった。

凛はさらに目をまるくして、ふしぎそうにふたりを見つめたのだった。

この本はテレビ番組「逃走中」（フジテレビ系列にて放送）をもとに小説化されました。

監修

渡辺恒也　日高峻　笹谷隆司　加藤 大

「逃走中」番組スタッフ一同

集英社みらい文庫

逃走中

オリジナルストーリー
ひびわれた友情!? 浅草でお宝を手にいれろ！

逃走中（フジテレビ） 原案
小川 彗 著　kaworu 絵

ファンレターのあて先
〒101-8050 東京都千代田区一ツ橋2-5-10 集英社みらい文庫編集部
いただいたお便りは編集部から先生におわたしいたします。

2024年10月30日　第1刷発行

発行者	今井孝昭
発行所	株式会社 集英社
	〒101-8050　東京都千代田区一ツ橋2-5-10
	電話　編集部 03-3230-6246
	読者係 03-3230-6080
	販売部 03-3230-6393（書店専用）
	https://miraibunko.jp
装丁	+++ 野田由美子　中島由佳理
協力	株式会社フジテレビジョン
	株式会社フジクリエイティブコーポレーション
	浅草寺　浅草花やしき
印刷	TOPPANクロレ株式会社　TOPPAN株式会社
製本	TOPPANクロレ株式会社

ISBN978-4-08-321874-3　C8293　N.D.C.913　206P　18cm

「みらい文庫」読者のみなさんへ

言葉を学ぶ、感性を磨く、創造力を育む……、読書は「人間力」を高めるために欠かせません。
たった一枚のページをめくる向こう側に、未知の世界、ドキドキのみらいが無限に広がっている。
これこそが「本」だけが持っているパワーです。

学校の朝の読書に、休み時間に、放課後に……。いつでも、すぐに続きを読みたくなるような、魅力に溢れる本をたくさん揃えていきたい。読書がくれる、心がきらきらしたり胸がきゅんとする瞬間を体験してほしい、楽しんでほしい。みらいの日本、そして世界を担うみなさんが、やがて大人になった時、「読書の魅力を初めて知った本」「自分のおこづかいで初めて買った一冊」と思い出してくれるような作品を一所懸命、大切に創っていきたい。

そんないっぱいの想いを込めながら、作家の先生方と一緒に、私たちは素敵な本作りを続けていきます。「みらい文庫」は、無限の宇宙に浮かぶ星のように、夢をたたえ輝きながら、次々と新しく生まれ続けます。

本を持つ、その手の中に、ドキドキするみらい――――。

本の宇宙から、自分だけの健やかな空想力を育て、〝みらいの星〟をたくさん見つけてください。

そして、大切なこと、大切な人をきちんと守る、強くて、やさしい大人になってくれることを心から願っています。

２０１１年　春

集英社みらい文庫編集部